세 엄마

세 엄마

무너질 듯 무너지지 않은 집에서

김미희 지음

글항아리

프롤로그

나에게는 키워준 새엄마와 낳아준 친엄마가 있다. 엄마가 두 명이나 있지만 그 둘 누구와도 친밀한 관계를 맺지 못했다. 친엄마는 미웠고 새엄마는 무서웠다. 어린 나는 두 엄마를 향한 마음을 땅속에 묻어버렸다. 마음이 없으면 슬프지 않다. 처음에는 성공한 듯 보였다.

서른다섯 살에 결혼하고 이듬해에 아이를 낳았다. 아무것도 모르는 채 엄마가 되었기에 양육에 대한 정보를 얻을 수 있는 곳은 인터넷, 육아 도서, 텔레비전뿐이었다. 아이는 자라면서 세상에 대한 호기심이 커졌고 가장 먼저 눈에 띈 사람은 엄마, 바로 나였다. 나의 표정과 말투, 행동을 따라 했다. 그즈음 남편이 신장암으로 세상을 떠났다. 힘든 시간이 지나자 나는 어떻게 하면 아이를 잘 키울 수 있을까 고민하게 되었다. 밤에 아이를 재우고 삽화 일을 하면서 책상 한편에 육아 관련 다큐멘터리를 틀어놓았다. 그중 '모성의 대물림'이라는 제목이 눈길을 끌었다. 어린 시절 엄마에게 받은 상처가 자식에게 전달된다는 내용이었다. 한 여성이 미친 듯이 소리 지르고 울면서 매달리는 자기 아이를 외면한다. 그녀는 상담사에게 어린 시절 엄마가 자신에게 했던 폭언, 정신적 학대를 고백한다. 다큐에서는 대물림을 막기 위해 자기 안의 상처받은 어린이를 인지하는 일이 우선 필요하다고 한다.

어느 날 아이에게 소리 지르고 있는 나를 발견했다. 아이의 잘못된 행동을 고치기 위해서가 아니었다. 처음에는 그런 의도로 훈계를 시작했겠지만, 아이가 반항하자 나는 이성을 잃은 채 소리 지르고 있었다. "엄마 말 안 들을 거면 밖으로 나가!" 아이를 위협했다. 온종일 육아와 살림으로 녹초가 됐고 아이를 재운 후 또 일을 해야 했다. 아이가 떼를 써서 일부러 나를 골탕 먹이려는 듯 느껴지기도 했다. 우연히 바라본 거울 속의 내 얼굴은 어릴 적 아빠와 싸우고 나면 나에게 더 크게 화를 내던 엄마의 얼굴을 닮아 있었다.

동네에서 오래 알고 지낸 아이의 친구 엄마는 내게 이런 말을 했다. "갑자기 화를 내니까 애가 더 울기만 하잖아. 차근차근 말해야 애가 알아듣지." 나는 그녀의 시선으로 나를 보게 되었다. 아이가 잘못된 행동을 하거나 무리한 요구를 할 때 나는 참는다. 좋은 엄마가 할 만한 말로 타이른다. 아이가 내 말을 듣지 않고 계속 같은 행동을 해도 참고 참다가 마지막에 폭발해서 큰 목소리와 무서운 얼굴로 화를 낸다. 아이를 키우기 전에는 누구에게도 화를 내본 적이 없다. 화가 나지 않아서가 아니라 어떻게 표현해야 하는지 몰랐다. 어릴 적 부모님이 매일 싸우고 서로에게 화내는 소리를 들어서, 그게 끔찍하게 지겨워서 나는 아예 화를 내지 못하는 사람이 되었다. 누군가에게 화가 나면 참다가 마지막에 말없이 관계를 끊어버리는 식으로 살아왔다. 하지만 아이에게 화난다고 해서 관계를 끊을 수는 없으니 소리 지르는 미숙한 방법으로 감정을 표출한 것이다. 아이에게 감정적으로 혼내고 소리 지른 날 밤이면 죄책감에 잠이 오지 않았다. 내가 아이를 망칠지도 몰라.

나는 내 엄마들에 대한 마음을 땅속에 묻고 나 혼자 태어나 자란 사람처럼 굴었지만 사실 성장하며 부모와 맺었던 관계의 흔적들이 내 성격과 삶 전반에 영향을 미치고 있었다. 오히려 감정을 억압했기 때문에 억눌린 감정은 형태를 알 수 없는 괴물이 되었다. 어린 시절 엄마가 내게 소리 질렀을 때 내 마음은 어땠나? 나는 엄마가 자신의 마음을 이야기해주었으면 싶었다. 엄마가 자기도 힘들다는 이야기를 했다면 나는 엄마를 이해하려고 시도했을 것이다. 이제는 내가 한 아이의 엄마가 되었다. 내 차례다. 자신을 제어하기 위해 너무 많은 에너지를 쓰기보다 내 감정을 아이에게 설명하는 편이 우리 관계에 이롭다. "네가 계속 같은 잘못을 하면 엄마는 화가 나." 감정을 표현하는 순간 나의 마음 상태를 확인할 수 있다. 소리 지르는 일은 차츰 줄었다.

40대가 된 나는 삶의 전환점이 절실해졌다. 사별과 양육으로 5년 넘게 거의 그림을 못 그려 결혼 전의 직업인 일러스트레이터로서의 수명이 끝난 듯 보였다. 앞으로는 어떤 직업을 가져야 할까? 그림책 작가가 되고 싶다는 오랜 바람을 이룰 만큼 능력이 될까? 생계를 위해 지금이라도 다른 직업을 찾아야 할까? 선택을 하는 데는 내가 어떤 사람인지, 무엇을 원하고 무엇은 절대 하고 싶지 않은지를 파악하는 일이 우선이다. 지난 5년 동안 내 세상 전체가 뒤집힌 듯했다. 나는 나를 모르겠다. 이전에도 몰랐던 건지 새삼 모르게 된 건지 그것도 모르겠다. 지나온 삶을 되돌아볼 필요가 있다. 『생각에 관한 생각』이란 책에서 '닻 내림 효과'라는 행동경제학 용어를 알게 되었다. 닻을 내린 배가 크게 움직이지 않듯이 처음 접한 정보가 기준점이 되어서 이후 판단에 영향을 미친다는 것이다. 나는 기억에 근거해 나의 성격과 욕구, 가능성을 추측하지만, 어떤 기억이 먼저 떠오르냐에 따라 상대적 중요성이 결정되어 판단에 오류를 일으킨다.

열두 살 무렵 새엄마는 통금 시간에 엄했다. 내가 밖으로 돌면 동네 사람들이 새엄마가 키우는 자식이라 그렇다고 손가락질한다는 이유에서였다. 저녁 6시 통금 시간을 20분쯤 넘겨 집에 들어가려고 현관문을 열었는데 문은 잠겨 있었고 엄마는 밖이 좋으면 집에 들어오지 말라며 소리를 질렀다. 나는 문밖에서 울며 서 있다가 1시간 넘도록 문이 열리지 않자 참았던 오줌을 바지에 싸버렸다. 축축한 오줌이 바지 사이로 흘러내렸다. 친엄마에게 한 번 버려진 경험이 있어서 두 번째 또 버려진다면 나는 죽을 것 같았다. 친엄마에게 버려진 기억이 닻을 내리고 이후 다른 경험과 판단을 좌우했다. 나는 누군가에게 내쳐지는 일, 사회에서 낙오자가 되는 일에 극심한 두려움을 갖게 되었다. 두려움은 사람을 위축시키고 모험을 불가능하게 만든다. 이후 새엄마는 내가 계속 공부할 수 있도록 뒷바라지했는데 그럼에도 그녀를 두려워하는 마음은 가시지 않았다. 한번 내린 닻을 끌어올려 다른 장소에 내리기가 힘들다.

40대 이후 삶의 방향을 결정하는 갈림길에서 나의 두 엄마에 대한 오해, 내 기억의 편향을 바로잡고 싶었다. 내가 어떤 사람인지 알아야 앞으로 갈 길을 정할 수 있을 터였다. 예상치 못한 일로 친어머니에게 34년 만에 연락이 왔다. 나를 만나고 싶다고 했고 어떻게 할지 고민하던 중 그녀와의 만남이 내 어린 시절 묻어두었던 마음과 기억을 꺼내 살펴볼 기회가 될 듯해 그에 응했다. 어린 시절엔 엄마가 강인하고 확고한 존재라고 생각했다. 그래서 그런 존재의 결정, 말, 태도에 조금의 실수도 없는 줄 알았다. 하지만 내가 엄마가 된 후로 알게 된 건 엄마는 엄마 이전에 한 명의 인간일 뿐이고 사회 환경에 많은 영향을 받는다는 것이다. 처음 책을 쓸 때는 엄마들의 이름을 썼다. 누군가의 엄마가 아니라 한 명의 고유한 사람으로 기록하고 싶었다. 하지만 그녀들의 삶 전체를 알 수는 없어 엄마, 어머니라는 말을 섞어서 썼다. 이름은 가명을 사용했다. 편집장님의 말을 빌리면 나의 엄마들 이야기가 특별한 경험을 한 개인의 이야기가 아닌 우리 사회 어디서나 있음 직한 엄마들의 이야기라고 한다.

차례

1장

입양 신청

그 여자를 잊었는데 이름은 잊히지 않는다. 죽었는지 살았는지도 모르고 길에서 마주친다 해도 못 알아보고 지나칠 것이다. 그런데 그녀의 이름은 내 몸 어딘가에 새겨진 문신처럼 지워지지 않는다. 여자의 이름은 이정임, 나를 낳은 사람, 친어머니다.

내가 열 살 때 이정임은 새어머니와 친아버지에게 나와 동생을 내팽개쳐놓고 떠났다. 네 아버지가 술을 너무 많이 마셔서 이혼할 수밖에 없다고 말하고는, 자식들은 그런 아버지 밑에서 어떻게 클지 신경도 안 쓴 채 나 몰라라 하고 가버렸다. 돈을 벌어 2년 뒤에 데리러 온다고 하고서는 바로 다른 남자와 결혼하고 그 사이에서 아이 둘을 더 낳았다.

나는 그녀를 미워하지 않으려고 애썼다. 미워한다는 건 어쨌든 생각을 한다는 건데 생각조차 하고 싶지 않았기 때문이다. 잊어라! 다시 돌아올지 안 돌아올지 궁금해하지도 말아라. 나에게는 없는 사람이다. 기다렸다가 실망했다가 미워했다가 다시 기다리는 것보다 포기하고 잊는 것이 마음 편했다. 나는 어른이 돼서 이정임이 자신의 인생을 찾아 떠났다고 생각할 수 있게 되었다. 그녀도 사람이고 여자니까, 사랑하는 남자를 만났는데 그가 자식 둘 딸린 이혼녀는 싫다고 할 수도 있으니까 자식보다 사랑을 선택한 거겠지. 이정임을 나의 어린 시절을 불행하게 만든 가해자 중 한 명(다른 한 명은 아버지)이라고 여기지만 자신의 욕망을 적극적으로 찾아 나선 여자로서는 그럴 수 있겠다 싶었다. 엄마라고 꼭 자식을 위해서 다 희생해야 하는 건 아니다. 무책임한 부모 밑에서 태어난 내가 운이 없었던 거지.

이정임이 떠난 이후로 누구에게도 그 이름을 말한 적 없고 공책 모서리에 연필로 몇 번 끄적였다가 누가 볼세라 급히 지워버렸다. 누가 보냐 하면 내가 본다. 나는 그녀를 잊기로 했는데 그렇게 자국 남는 글씨로 적으면 안 되니까. 사춘기가 지나서는 아예 그런 짓도 하지 않았다. 다른 사람을 생각하느라 그녀에 대해 생각할 시간이 없었다. 그런데 왜 그녀의 이름은 잊히지 않는 걸까.

아이를 낳고 키우면서 그 이유를 짐작할 수 있었다. 아기는 자라면서 자신을 먹이고 보호해주는 사람의 이름을 기억한다. 아기는 맘마, 엄마, 아빠순으로 말을 배우고 부모의 이름을 익힌다. 부모가 없다면 다른 주 양육자의 이름을 배운다. 주 양육자는 아이에게 혹시 길을 잃어버리면 경찰에게 너의 이름과 자신의 이름을 말하라고 가르친다. 나는 내 아이가 걷고 말하기 시작할 때부터 내 이름과 전화번호를 여러 번 알려줬다. 가끔 생각날 때마다 기억하고 있는지 테스트를 했다. 너 엄마 이름이 뭐야? 전화번호 말해봐. 혹시 아이가 길을 잃어 나를 찾지 못할까봐 두려웠다. 아이 입장에서도 자신의 주 양육자를 잃어버린다는 것은 우주에 혼자 남겨지는 것과 같다. 생존을 위해서 주 양육자의 이름을 기억하고 정신에 새긴다. 내가 친어머니 이름을 잊지 못하는 이유는 그 때문일 것이다. 하지만 예상치도 못하게 엄마는 떠났고 나는 그 이름을 잊고 싶지만 잊지 못한다.

이정임의 이름을 다시 발견한 것은 몇 년 전 가족관계증명서에서였다. 가족관계-모 항목에 그녀의 이름이 있었다. 34년 동안 어머니인 새어머니 이름이 아니라 왜 9년 동안 어머니였던 친어머니 이름이 적혀 있는지 이해할 수 없었다. 하지만 나는 그때 그걸 따질 만큼 정신이 멀쩡하지 않았다. 정신의 반은 나가 있었고 간신히 주민센터에 가서 증명서를 발급받은 직후였다.

남편은 2015년 여름 숨을 멈췄다. 신장암을 앓아 수술하고 2년간 항암 치료를 했지만 암세포가 번지는 걸 막을 순 없었다. 나는 장례식을 치르고 뇌가 고장 난 듯했다. 돌볼 사람이 나밖에 없는 어린아이가 있어 나는 살아야 했다. 아침에 일어나 밥을 해서 같이 먹고 아이를 어린이집에 데려다줬다가 오후에 데려와 같이 놀고 저녁을 먹고 아이를 재우는 것은 했지만 그 외의 일은 하지 못했다. 단순한 생각도 하기 어려웠다. 단어 하나를 놓고 그것이 무슨 뜻일까 한참을 생각했다. '사망보험금 청구 서류, 사망진단서, 피보험자 가족관계증명서, 제적증명서, 상속인 기본증명서' 같은 단어들. 사망진단서는 남편이 사망한 서울대학병원에서 발급받아야 하고, 다른 증명서들은 주민센터에서 발급받아야 한다. 서울대학병원은 정말 다시 가기 싫었다. 남편과 병원에 있었던 시간이 자꾸 떠올랐다. 하지만 당장 쌀과 반찬을 사고 어린이집 원비와 아파트 관리비를 내야 하니까 남편의 보험금이 필요했다. 돈이 나를 움직이게 했다. 병원에 가서 필요한 서류를 받고 주민센터에도 갔다.

그때 받은 가족관계증명서에서 이정임을 발견한 것이다. 이 이름이 왜 갑자기 등장한 것인지는 알 수 없었다. 결혼 전 새어머니와 살 때 주민등록등본을 발급받으면 새어머니 이름이 있었다. 그사이 호적법이 바뀌면서 가족관계증명서가 생겼고 뭔가 달라진 것 같다. 나는 주민센터 직원에게 부모님이 이혼하시고 새어머니와 산 기간이 긴데 왜 여기에 친어머니 이름이 있는지 물었다. 직원은 부모의 이혼, 양육 기간과 상관없이 친자 관계는 유지되는 것이기 때문에, 어머니는 어머니라고 했다. 어머니는 어머니? 그렇다면 나를 길러준 어머니 이름은 어디에 있죠? 부계 중심의 호주제를 폐지하기 위해 가족관계증명서가 생겼는데 가족관계증명서 역시 낳아준 어머니가 어머니라는 혈연중심주의를 따르고 있다. 하지만 나는 남편과 관련된 일 외에 다른 생각을 할 여유가 없었다. 가족관계증명서에 친어머니 이름이 있다고 당장 뭐가 달라지는 건 아니니까 그 일은 나중에 생각하기로 했다.

결혼 전까지 새어머니와 단둘이 살았다. 내가 스물세 살 때 새어머니와 나는 아버지 집에서 도망쳐 나왔다. 대학생이었던 나는 갈 곳도 없고 돈도 없어서 새어머니가 구한 월세집에 얹혀살았다. 그 후로 단둘이 산 시간이 10년 넘는다. 자세한 사정을 모르는 사람들에게 새어머니와 둘이 산다고 하면 의아해하는 표정을 짓는다. 나도 그녀와 그렇게 오래 살게 될 줄은 몰랐다. 어릴 적 꿈이 어서 집을 나가 부모 얼굴을 보지 않는 것이었으니까. 대학 졸업 후 취직하고 나서도 대학 내내 학자금 융자를 받으며 다녔기 때문에 빚을 갚아야 했다. 어릴 때에는 새어머니가 무서워 빨리 집에서 벗어나고 싶었는데, 막상 아버지와 같이 살지 않게 되자 새어머니는 내게 화내지 않았고 잔소리도 하지 않았다. 같이 살 만했다. 내 결혼식 날 사회자가 양가 부모님과 포옹을 하라고 시켜 그때 처음으로 새어머니를 안아보았다. 쳐다보기도 무서웠던 사람이 이제는 나보다 키가 작은 사람이 되어 있었고, 눈물까지 흘렸다.

사별 후 3년쯤 지나자 나도 많이 안정되었다. 싱글맘으로 아이와 앞으로 어떻게 살지 계획을 세워야 했다. 가족의 생계를 유지해줄 직업을 갖는 동시에 아이를 외롭지 않게 키울 방법도 찾아야 했다. 가족의 의미를 생각하다가 가족관계증명서가 떠올랐고 새어머니와 법적인 가족이 되어야 한다는 데까지 생각이 미쳤다. 40년 가까이 엄마라고 부르며 살았으니까. 살가운 관계는 아니더라도 어머니는 어머니다.

나는 한 달에 한두 번 일요일에 아이를 데리고 어머니 집에 간다. 남편 생전에는 명절과 생일 때만 갔는데 혼자 양육하면서부터 아이와 일요일에 같이 갈 수 있는 집은 어머니 집밖에 남지 않았다. 결혼을 안 한 친구네 가기도 편치 않고 결혼해서 아이가 있는 친구 집은 그 집 남편의 눈치가 보였다. 어머니 집도 어머니가 봉제공장에 다니셔서 일요일 하루만 쉬시기 때문에 아무 때나 갈 수 있는 건 아니다. 어머니는 오래된 빌라에 사시는데 집 앞으로 개천이 흐르고 산책로가 잘 조성되어 있다. 동물을 좋아해서 흰 강아지 한 마리와 고양이 두 마리를 키운다. 아이도 동물을 좋아해 할머니 집에 가면 주로 동물들과 놀다가 강아지를 데리고 산책로를 걷는다.

우리는 밥을 먹고 밖으로 나갔다. 아이가 강아지 목줄을 잡고 앞서 걷고 어머니와 나는 뒤따라 걸었다. 나는 친어머니에 대한 언급을 피하면서 그녀에게 준비해온 말을 조심스럽게 꺼냈다.

"엄마, 제가 작년에 주민센터에서 가족증명서를 뗐는데요 엄마 이름이 없더라고요. 호적법이 바뀌면서 그렇게 되었대요. 그동안 정신없어서 잊고 지냈는데 남편 수술할 때 보니까 보호자

서명을 하더라고요. 만약 엄마나 제가 병원에서 수술이라도 해야 되면 법적으로 가족이어야 서명을 할 수 있으니까…… 가족관계증명서에 이름이 같이 올라 있어야 하지 않을까요? 엄마 생각은 어때요?"

"그래, 그래야지. 어떻게 해야 돼나……" 어머니는 말끝을 흐렸다. 나는 인터넷으로 알아봤더니 다 방법이 있다고, 우리만 이런 일을 겪는 건 아닐 거라고 대답했다.

어머니에게는 나와 남동생 외에 왕래하는 가족이 없다. 어머니의 부모님은 모두 돌아가셨고 오빠와 남동생이 있지만 연락을 안 하고 산 지 오래다. 그렇게 된 건 내 아버지 탓이다. 어머니는 이십대 초반에 열 살도 더 많은 내 아버지와 결혼했는데 아버지는 재혼이었고 당시에는 혼자 살고 있었다. 몇 년 후 열 살, 여덟 살인 나와 동생을 맡아 키우게 되었다. 새롭게 꾸려진 이 네 가족이 수원에 살고 있는 어머니의 가족을 만나러 갈 때마다 싸움이 일었다. 술을 좋아하고 건달 같은 아버지를 어머니의 원가족이 탐탁지 않아 하자 자존심이 센 아버지는 수원에 가는 걸 싫어했다. 사이는 그렇게 서서히 멀어졌다.

10년 전쯤 어머니의 남동생을 찾아야겠다 싶어서(오빠와는 사이가 좋지 않았다) 구청에 전화로 문의한 일이 있었다. 돌아온 답변은 어머니가 구청에 직접 와서 신청해야 한다는 것이었다. 어머니는 봉제공장에 다니는 터라 일터에서 잠시 시간을 내기도 어려웠고, 결국 찾지 못했다.

집에 돌아와 인터넷에 '새어머니 가족관계증명서'를 입력했다. 나와 비슷한 고민을 지식인에 묻는 사람이 꽤 있지만 답변은 제각각이었다. 잘못된 가족관계증명서가 문제니까 이를 발급하는 주민센터에 전화해서 직원에게 새어머니 이름이 가족관계증명서에 나오게 하는 방법이 있는지 물었다.

"잠시만요, 담당자 바꿔드릴게요." 직원은 다른 직원에게 전화를 돌렸다. 내가 같은 질문을 한 번 더 반복하자 담당자가 대답했다.

"친모가 입양에 동의한다는 도장을 받아서 입양신청서를 제출하시면 됩니다."

"친어머니와 헤어진 지 30년이 지났고 연락이 끊겼어요. 어디에 사시는지도 모르는데 어떻게 도장을 받나요?"

"그런 경우는 저희도 잘 모릅니다." 담당자가 모르면 누가 알죠?라고 묻고 싶었지만 직원이 무슨 잘못이 있겠나. 나는 전화를 끊었다.

이튿날 남동생에게 전화가 왔다. 어머니 집에 갔다가 내가 한 이야기를 들었단다. 사업을 하는 동생은 세무 관련해서 아는 변호사가 있었고 그 변호사에게 물어봤더니 이런 일만 전문으로 변호사가 따로 있는데 친어머니를 만나지 않고도 입양을 진행

할 수 있다고 했단다. 변호사비가 200만 원 정도라는데 그 돈은 자기가 줄 테니 나보고 변호사를 찾아보라고 했다. 당연히 바꿔야 할 이름 하나 바꾸는 데 200만 원이나 써야 한다니. 동생이 돈을 낸다고는 했지만, 동생 돈이라고 해서 펑펑 쓰고 싶지는 않다. 돈 들이지 않고 할 방법이 없을까? 그래, 무료 법률 상담. 드라마에서 본 것 같다. 인터넷으로 법원을 검색했더니 내가 사는 남양주에는 법원이 없고 의정부지방법원이 있다. 홈페이지에 들어가서 성인 입양과 관련된 글을 찾아봤다.

"양자가 될 사람이 성년자인데 부모 동의를 받을 수 없다면 부모의 동의를 갈음하는 가정법원의 심판서 또는 부모의 소재를 알 수 없는 등의 사유로 동의를 받을 수 없음을 소명하는 자료를 첨부해야 합니다." 갈음이 뭐지? 왜 이렇게 한자가 많은 거야. 나한테 필요한 것은 '부모의 동의를 갈음하는 허가 청구' 서류이고 관련 법 조항은 이렇다.

제871조(성년자 입양에 대한 부모의 동의)
① 양자가 될 사람이 성년인 경우에는 부모의 동의를 받아야 한다. 다만, 부모의 소재를 알 수 없는 등의 사유로 동의를 받을 수 없는 경우에는 그러하지 아니하다.
② 가정법원은 부모가 정당한 이유 없이 동의를 거부하는 경우에 양부모가 될 사람이나 양자가 될 사람의 청구에 따라 부모의 동의를 갈음하는 심판을 할 수 있다. 이 경우 가정법원은 부모를 심문하

여야 한다.

하지만 친모와 연락할 방법이 없는데 동의를 거부한다는 것을 어떻게 증명하지? 법원 홈페이지에서 무료 법률 상담 번호를 찾아 전화를 걸었다. 주민센터 직원에게 한 말을 똑같이 상담사에게 했다. 남자 상담사는 많이 받아본 질문인 듯 익숙하게 되물었다.

"그런데 왜 새어머니와 법적인 가족관계가 되려는 거죠?"

당연한 걸 왜 물을까? 상담사는 내게 다른 꿍꿍이라도 있다고 보는 걸까? 나는 친어머니와는 어릴 때 연락이 끊겼고, 새어머니가 오래 키워주셔서 새어머니를 진짜 어머니라고 생각한다고 대답했다.

"입양 서류 작성해서 가까운 주민센터에 제출하시면 됩니다."

상담사는 쉬운 일인 듯 말했다.

"제가 주민센터에 문의해봤는데 친어머니 동의가 필요하다고 해서요. 친어머니랑 연락이 끊긴 지 몇십 년이라."

"친어머니 이름으로 주민등록초본을 발급받으면 주소가 나옵니다. 그쪽으로 연락하세요."

친어머니 초본을 내가 발급받을 수 있다는 말인가? 나는 그때까지 초본은 당사자만 발급 가능한 줄 알았다. 하지만 주소를 안다고 해도 친어머니를 절대로 만나고 싶지 않다. 나는 다시 질문했다.

"혹시 친어머니 동의 없이 성인 입양은 불가능한가요? 연락 안 한 지 오래됐는데 이것 때문에 연락하고 싶진 않거든요."

"불가능합니다." 너무나 단호하다.

"방법이 정말 없나요?" 나도 모르게 같은 질문을 되풀이한 것은 그만큼 새어머니를 만나고 싶지 않았기 때문이다.

"없습니다." 전화기 너머로 상담사의 짜증 섞인 한숨이 들렸다.

살면서 서너 번쯤 친어머니가 보고 싶지 않냐는 질문을 받았다. "안 보고 싶어."

상대는 속으로 나를 매정하고 도리도 모르는 사람으로 재단할지 모른다. 진짜 그렇게 생각하는지는 알 수 없지만, 상대에게 내가 그렇게 보일 거라고 짐작한다. 세상에는 친어머니를 찾지 않는 이야기보다 찾는 이야기가 더 많으니 다들 어머니를 보고 싶어하는 것을 당연한 마음으로 여긴다. 해외에 입양된 어린이가 어른이 돼서 한국으로 돌아와 자기 어머니를 찾는다는 TV 다큐멘터리, 어릴 때 부모님의 이혼으로 어머니와 헤어진 후 어른이 돼서 다시 만나 감격의 눈물을 흘렸다는 어느 연예인의 사연. 사람마다 다르겠지만 친어머니에 대한 기억이 거의 없는데도 단지 자신을 낳아줬다는 이유만으로 몇십 년이 지난 후에도 보고 싶을 수 있을까? 그건 현실의 사람이 아니라 상징으로서의 '어머니'를 보고 싶어하는 것 아닐까? 나는 친어머니가 보고 싶지 않다. 나와 상관없는 사람을 봐야 할 이유는 없다.

나는 엄마에게 버림받았다. 이 문장은 어린 시절 내내 나를 얽어 맸다. 친어머니는 내가 열 살 때 나를 아버지와 새어머니 집에 두고 떠난 후 한 번도 연락하지 않았다. 친어머니와는 아홉 살 때까지 같이 살았을 텐데 기억이 거의 없다. 친어머니가 내 아버지와 이혼 후 늘 일을 다녀서 나와 같이 지낸 시간이 적은 것인지, 내가 친어머니를 기다리다가 지쳐서 기억까지 모조리 지운 것인지는 모르겠다.

사람들은 말한다. 자식 버리는 엄마는 사람도 아니라고, 짐승도 자기 새끼는 버리지 않는다고. 어머니는 자식을 위해 죽을 수도 있는 사람이다. 어머니의 사랑은 끝이 없고. 정말일까? 그 말이 진실이라면 내 친어머니는 나를 버린 짐승보다 못한 존재고 나는 버려진 쓰레기다. 나는 친어머니를 다시 만날 수 없다는 슬픔보다 내가 버림받았다는 수치심으로 인해 고통스러웠다. 나는 왜 버림받았다고 생각했을까? 그냥 그녀와 헤어졌다고 생각할 수도 있는 것을.

나는 사람들의 문장 말고 나만의 문장을 만들어야 했다. 나는 엄마에게 버림받은 것이 아니라 나를 낳은 여성과 분리되었다. 엄마는 짐승보다 못한 존재가 아니라 어떤 선택이든 할 수 있는 한 명의 개인일 뿐이다. 사람은 물건이 아니니까 누가 누구를

버릴 수는 없는 거라고, 주문을 외우듯 나에게 속삭였다. 내가
그 말을 믿을 수 있도록.

나는 엄마에게 버림받았다가 나 자신에게 금기된 말이었다면, 우리 엄마 새엄마야는 타인에게 해서는 안 되는 말이었다. 중학교 1학년 때 늘 붙어 다니던 친구와 놀이터에서 그네를 탔다. 친구가 자기 언니가 밉다고 말해 왜냐고 물었더니 이렇게 대답했다.

"나는 엄마 아빠가 버린 적이 있어. 내가 어릴 때 우리 집이 너무 가난했대. 그래서 엄마 아빠가 나를 큰엄마한테 보냈어. 큰엄마한테 자식이 없거든. 언니는 안 보내고 나만 보낸 거야. 3년 있다가 다시 데려오기는 했는데, 지금까지도 엄마 아빠랑 있으면 불편해. 화가 나기도 하고. 엄마 아빠랑 친한 언니가 다 미워."

친구의 비밀을 듣고, 나도 비밀을 말해야겠다고 생각했다. 그러면 더 친해질 줄 알았다. 누구에게도 한 적 없는 이야기를 꺼냈다. "나도 엄마랑 있으면 어색해. 우리 엄마는 새엄마야. 열 살 때 친엄마가 나랑 동생을 아빠한테 두고 다른 데로 갔어." 친구는 네가 더 힘들었겠구나, 미안하다, 라고 말했다. 내 불행이 더 크다고 하려던 건 아닌데. 아니 어쩌면 그랬는지도 모르겠다. 내 불행을 봐달라고.

며칠 후 학교 복도에서 잘 모르는 아이가 내게 말했다. "너 엄마 새엄마라던데 진짜야? 영선이가 거짓말한 거지? 걔가 너 그렇게 말하고 다니더라. 조심해."

나는 정지 상태가 되었다. 내 엄마, 새엄마 맞아라고 말 못 했다. 죄지은 것도 없이 내가 잘못한 것 같고 죄책감을 느꼈다. 곧 다른 반까지 내가 새엄마와 산다고 소문이 날까봐 두려웠다. 나는 열여덟 살이 되어서야 친구들에게 내 엄마 새엄마야, 라고 말할 수 있었는데 그조차 술을 잔뜩 마시고 취해서였다.

새엄마와 나는 나이 차이가 열일곱 살밖에 나지 않는다. 학교에서 가정환경조사서를 써오라고 할 때 거짓말이 세상에서 제일 나쁘다고 말하던 엄마는 그녀의 진짜 나이보다 다섯 살쯤 높여 적으라고 했다. 새엄마는 나를 시장이나 미용실, 목욕탕에 데리고 다니면서 내가 딸인 것을 숨기지는 않았지만 친자식이 아니라는 것은 숨겼다. 사람들이 "아이가 크네요. 일찍 낳으셨나봐요" 하고 말하면 엄마는 어색하게 미소를 지었다.

나는 어른이 되었고 한 아이의 어머니가 되었다. 더 이상 친어머니에게 버림받았다고 생각하지도 않고 누구에게든 거리낌 없이 내 어머니는 새어머니라고 말한다. 이제 법적으로 새어머니가 어머니가 되는 일만 남았다.

인터넷 검색창에 '입양'이라고 입력한다.

입양: 혈연관계가 아닌 일반인들 사이에서 법률적으로 친자관계親子 關係를 맺는 행위.

'친자'도 입력해본다.

친자: 1촌寸에 해당하는 직계혈족直系血族.
친자는 혼인 중 또는 혼인 외의 출생자를 포함한 친생자와 자연의 혈연관계는 없으나 법률상 친자로 의제擬制된 법정 친자의 둘로 크게 나누며, 친자관계가 성립되면 그 관계나 종류에서 법적인 효력이 발생한다.

검색창에 '성인 입양'을 쓴다. 블로그 글 중에 '○○법무사, 성인 입양, 비용 50만 원'이라고 적힌 것이 눈에 띈다. 50만 원? 변호사는 200만 원이라고 했는데. 법무사와는 어떤 차이가 있는지 모르지만 전화를 걸었다. 주민센터 직원과 무료 법률 상담사에게 했던 말을 똑같이 되풀이하자 법무사는 성인 입양 과정을 설명해줬다.

　"친모 주소로 입양동의서에 도장을 찍어달라고 서류를 보냅니다. 이 경우 보통은 친모가 편지를 받지 않아서 서류가 반송돼요. 한 번 더 보내서 반송되면 법원에 '부모의 동의를 갈음하는 허가 청구'를 보냅니다. 그러면 법원에서 성인 입양을 허가해줍니다."

　"저 혼자가 아니라 동생이랑 같이 입양되고 싶은데 비용을 따로 지불해야 되나요?"

　"의뢰인과 동생분이 같은 지역에 사시나요?"

　"아니요. 저는 남양주고, 동생은 서울이에요."

　"두 분이 같은 지역에 사시면 80만 원에 해드릴 수 있는데 다른 지역이라면 각각 다른 법원에 서류를 제출해야 해서 비용도 따로 지불하셔야 합니다."

　법무사는 잠시 말을 멈추고 다시 이었다.

　"잠시만요. 전화 주신 분 사는 곳이 남양주라고 하셨죠? 그러면 어렵겠네요. 남양주는 의정부법원으로 들어가는데 얼마 전에 의정부 판사가 바뀌었어요. 이 판사는 성인 입양을 쉽게 안

해줍니다."

나는 쉽게 이해가 되지 않았다. 서울 사람은 성인 입양이 가능하고 남양주 사람은 안 된다니? 법은 평등한 거 아니었나?

"그럼 제가 서울로 이사 가면 입양이 되나요?"

"우선 동생분부터 소송을 진행하고 입양이 되면 그 서류를 의정부법원에 넣으면 될 것 같아요. 그렇게 합시다."

전화를 끊고 잠시 후 법무사에게 다시 전화가 왔다.

"의뢰인 결혼하셨지요? 혼인관계증명서도 필요합니다."

"동생은 결혼을 안 했고요, 저는 결혼했는데 사별했어요."

"아, 그렇다면 필요 없겠네요."

친모 일도 그렇고 사별도 그렇고 나는 세상의 표준에서 많이 벗어난 사람인가보다.

법무사가 성인 입양에 필요한 서류를 문자로 보내왔다. 나와 동생, 새어머니의 기본증명서, 가족관계증명서, 주민등록등본, 인감증명서가 필요하고 나와 동생의 경우 추가로 입양되려는 이유를 적은 의견서를 내야 했다. 친어머니의 경우 기본증명서, 가족관계증명서, 주민등록초본이 필요한데 친어머니와 관련된 서류를 직접 뗄 수 있다는 것도 처음 알았다.

　주민센터에 가서 번호표를 뽑고 차례를 기다리면서 창구 직원에게 뭐라고 말할까 궁리한다. 최대한 아무렇지 않게 말해야지. 직원이 건네준 친어머니의 주민등록초본을 빠르게 훑어본다. 정말 주소가 나온다. 경기도 의정부. 자동차로 1시간이면 가는 거리다. 지난 24년간 이사했던 열두 곳의 집 주소도 나왔다. 모두 경기도를 벗어나지 않았다. 이전까지는 막연히 아주 먼 곳에 살고 있을 거라고, 그래야 자신이 낳은 자식을 가뿐히 잊을 수 있었을 거라고 짐작했다. 그런데 이렇게 가까이 살았다고?

　초본에는 주소 말고 다른 정보도 있었다. 친어머니는 나와 동생을 아버지에게 넘기고 다른 남자와 결혼해서 바로 아들, 딸을 낳았다. 능력자네. 지금은 남편과 이혼하고 아파트에 혼자 산다. 나는 친어머니가 낳은 두 자녀의 이름을 한 번 더 보고 싶은 쓸데없는 호기심을 물리치기 위해 초본을 클리어 파일에 뒤집어서 넣고 덮었다. 새어머니와 동생에게 필요한 서류를 받아 같은 파일에 넣었다. 겨울방학이 끝나 아이가 학교에 가면 파일을 들고 법무사 사무소에 갈 생각이었다. 그런데 개학 후 상상도 못 한 코로나 팬데믹이 터져서 아이는 학교에 가지 못했고 나는 아이를 맡길 곳이 없어서 법무사 사무소에 가지 못했다. 그렇게 반년의 시간이 또 지났다. 동생의 재촉으로 법무사 사무소를 찾아가는 대신 택배로 입양 관련 서류를 보내고 인터넷 뱅킹으로 비용을 송금했다. 이제 끝이다. 법무사가 모든 일을 처리해주기를 기다리기만 하면 된다. 법무사는 며칠 후 '성년자 입양에 대한 부모의 동의를 갈음하는 심판' 사건을 가정법원에 접수했다는 접수증명원 사진을 찍어서 문자로 보내왔다.

2주 후 법무사에게 전화가 왔다. 친모가 입양에 동의한다는 편지를 보내왔다는 것이다. 법무사의 원래 계획은 입양에 동의해달라는 서류를 보낸 뒤 반송되면 그 서류를 심판 증거로 제출하는 것이었는데 친모가 입양에 동의한다고 하니 법원까지 갈 필요가 없다고 한다. 법무사 말로는 이런 일이 열에 하나 있을 정도로 드문데 이 경우 입양신청서에 친모가 입양에 동의한다는 도장을 찍어서 구청에 바로 접수하면 입양이 성사된단다. 내가 직접 친모의 도장을 받아야 하냐고 물었더니 법무사는 자신이 우편으로 서류의 도장을 받아 나에게 보낼 테니 그 입양신청서를 구청에 내기만 하라고 했다. 그리고 그 대가로 10만 원을 달라고 했다. 나는 정확히 무슨 말인지 모르겠지만 그러겠노라고 했다.

나는 친어머니를 세상에 없는 사람으로 여기고 있었는데 세상에 존재할 뿐 아니라 내 입양에 동의한다는 편지도 써서 보낼 수 있는 사람이었다니. 새어머니와 법적인 가족이 되겠다고 시작한 일이 친어머니의 존재를 알게 했다.

전화를 끊고 법무사가 입양신고서 양식 사진을 찍어서 보내왔다. 양모의 이름 최혜숙이 있고, 양자의 이름 김미희, 김승우가 있다. 아래에 동의자 이정임. 따로 양식이 있는 것이 아니라 종이 한 장에 도장만 찍으면 되는 간단한 서류다. 그제야 법무사의 말이 이해되었다. 이 서류 한 장 때문에 여기저기 전화하고 주민센터에 왔다 갔다 하고 진술서 쓰고 비용을 60만 원이나 낸 거야? 친모와 직접 연락하지 않고 진행하려니 일이 복잡해진 거라고 생각하기로 했다. 그동안 입양 때문에 보낸 시간이 아깝기는 하지만 이제 다 끝이다. 그날 밤 누군가 우리 집 문을 두드리기 전까지는 정말 끝인 줄 알았다.

아들은 아홉 살인데 아직까지 옆에 누워서 재워줘야 잠을 잔다. 저녁 9시쯤 누우면 9시 반쯤 잠이 든다. 그 후 나는 작업 방에서 30분쯤 스마트폰으로 SNS를 하거나 음악을 듣다가 책상에 앉아 삽화 일을 했다. 그 30분이 하루 중 유일하게 편히 쉬는 시간이다. 정확히 10시 10분 전. 그때였다. 쾅!쾅!쾅! 집 안 전체를 울리는 소리가 났다. 놀라서 소리가 나는 방향이 어딘지 찾았다. 이 시각에 우리 집 현관문을 두드릴 사람은 없다. 아, 초인종이 고장나긴 했다. 하지만 전화기가 있잖아. 문을 두드릴 만한 사람을 빠르게 떠올려봤다. 같은 아파트 단지의 민찬이 엄마. 평소에 내가 늘 바쁘다고 해서 우리 집에 오는 일도 거의 없는 데다 전화 없이 방문한 적은 없다. 우리 집은 대중교통이 불편해서 멀리 사는 친구가 갑자기 찾아올 일도 없다. 나는 육아 때문에 거의 고립된 생활을 하고 있다. 몇 달 전에 문을 두드린 사람이 있기는 했다. 새로 이사 온 아래층 할아버지가 우리 집에서 쿵쿵 소리가 난다며 올라오셨다. 나는 오랜만에 아이 친구 둘이 놀러 와서 뛰었다며 죄송하다고 머리를 숙였다. 할아버지는 현관문에 서서 우리 집 거실을 훑어보았다. 기분 나쁘고 당황스러웠지만 그래도 그때는 오후 5시였다. 밤 10시에 문을 두드린 사람은 지금까지 한 번도 없었다. 인터넷 뉴스에서 본 살인 사건 기사가 떠올랐다. 모녀가 사는 집에 침입한 전 애인. 준비해간 칼로 여자를 난도질하고…… 하지만 내겐 전 애인이 없는데. 현관문을 발로 차면 부서질 수도 있을까? 현관문에서 가까운 방에 자고 있는 아이를 깨워야 할까? 부엌 식칼의 위치를 떠올렸다. 문이 그렇게 쉽게 부서지진 않겠지. 집에 사람이 없는 척을 하려다가 갑자기 문 두드린 사람이 아까 낮에 현관문 앞에 빵과 편지를 놓고 간 사람일 수도 있겠다는 생각이 들었다. 밖에서 여자 목소리가 들렸다. 그 사람이 맞나보다. 빵과 편지를 놓고 간 사람.

낮에 아이와 놀이터에서 놀다가 오후 5시쯤 집에 돌아왔다. 현관문 앞에 파리바게트 종이 가방이 있었다. 누가 이런 걸 놓고 갔지? 안에 롤케이크 상자 두 개와 같이 있는 흰 봉투를 열었다.

전화 부탁해도 될까?
이정임
010-1013-××××

당신이 어떻게 여기에? 순간 멈칫하는 표정에 아이가 뭐냐고

묻는다. 응, 엄마 친구가 빵 놓고 간다고 맛있게 먹으래. 엄마
친구 누구? 너는 모르는 사람이야. 대충 얼버무렸다. 집에 들어
와 롤케이크를 잘라 아이에게 주고 내 방에 가서 다시 흰 봉투
안에 든 종이를 봤다. 컴퓨터로 인쇄한 굵고 진한 글씨다. 컴퓨
터도 할 줄 아는 거야? 나를 낳은 사람. 34년 동안 한 번도 불러
본 적이 없는데 잊히지 않는 이름. 이정임. 전화 부탁해도 되냐
고? 아니 안 돼. 당신은 나에게 없는 사람이야.

하지만 지금 문을 두드리는 사람이 그녀라고 확신할 수는 없
다. 편지가 놓여 있던 시간은 오후 4시고 지금은 밤 10시인데
그럼 그동안 어디에 있었던 거지? 나는 그녀가 가난하고 힘없
는 노인이 되었을 거라 추측했는데 그런 노인이 대중교통으로
찾아오기 힘든 동네에 낮에 왔다가 어딘가에서 반나절을 보낸
뒤 다시 올 수 있을 것 같진 않았다. 아니 그보다 왜? 입양에도
동의한다면서? 누군지 확인하기 위해 현관문 앞으로 갔다. 목
소리가 들렸다.

─여기 김미희씨 댁 아닌가요?
─맞는데, 누구세요?
─나 이정임.
소리가 제대로 들리지 않아 다시 물었다. 누구시라고요?
─낮에 현관에 빵이랑 편지 놓고 갔는데 연락이 없어서.

몇십 년 전 일이 빠른 속도로 머릿속에서 재생되었다. 다른 남자와 살겠다고 나와 동생을 두고 떠나 다른 자식 둘을 더 낳은 여자. 내가 대학에 합격했을 때 큰어머니가 이런 얘기를 했다. "내가 너 친모한테 연락해서 미희가 대학 들어가는데 등록금이 없다고 했거든. 돈 좀 보태달라고 했더니 자기 자식들 키우기도 빠듯하다고 돈이 없대. 너랑 승우는 이제 자기 자식이 아니라 이거지." 그 말을 들었을 때 어딘가 석연찮긴 했다. 아직까지 친모와 연락을 주고받는 거야? 그때는 등록금 구하는 게 너무나 큰일이라 자세히 물어보지 못했다. 나와 동생을 어쩔 수 없이 떠났다면 다른 자식은 낳지 말았어야 하는 것 아닐까? 그녀는 편지에 전화를 부탁해도 되냐고 물었고 나는 연락을 안했다. 그게 내 대답이다. 문 두드리는 소리가 계속 났다. 이대로라면 아이가 잠에서 깨고 옆집 사람들이 나와서 시끄럽다고 말할 것 같다. 나는 현관 가까이 가서 최대한 냉정한 목소리로 말했다.

─제가 김미희 맞긴 하지만 저는 그쪽을 몰라요. 돌아가세요.
─아니, 한 번만, 한 번만 옛날에 알던 불쌍한 아줌마라고 생각하고 얼굴 볼 수 없을까?
─아니요. 제가 이 밤중에 그쪽을 어떻게 믿고 문을 열어요? 얼른 돌아가세요.
─아니, 그게 아니라, 한 번만. 한 번만. 불쌍하게 생각하고.

나는 방으로 돌아왔다. 스마트폰으로 유튜브의 웃긴 동영상을 봤다. 잠깐 문을 열어줄까 하는 생각을 안 한 건 아니다. 하지만 어린 시절 친어머니를 나와 분리하기 위해서 얼마나 애썼던가. 기다리지 말자고 얼마나 다짐했던가. 그러니 내가 당신을 어떻게 믿고 문을 열어? 혹시 당신이 친모가 맞는다고 해도 34년이나 안 본 사람인데. 문을 여는 건 말도 안 되는 일이다. 나는 문 두드리는 소리가 잠잠해질 때까지 기다렸다. 누가 누구를 불쌍하게 생각해야 한다는 건지. 당신 인생이 불쌍한 건 맞지만 나는 안 불쌍하냐고.

30분쯤, 아니 10분쯤 지났나. 밖이 조용해져서 유튜브를 끄고 의자에 우두커니 있었다. 한참 동안 현관문을 열지 못했다. 문을 열면 그녀가 서 있을까봐 두려웠다. 몇 시간 후 나는 걸쇠를 걸어놓은 채로 현관문을 조금 열어 밖을 확인했다. 아무도 없었다.

그렇게 기다리던 어린 시절에는 오지 않더니 왜 이제 와서 찾는 걸까? 주민센터에서 친어머니 초본을 발급받기 전에는 그녀에 대해 아무것도 몰랐다. 돌아보면 나는 친어머니와 관련된 일을 구체적으로 생각해본 적이 없다. 헤어진 직후 1, 2년은 그녀가 약속한 대로 돌아올 것이라 믿었지만 약속은 깨졌고 이후로는 애써 떠올리지 않았다. 누구에게도 친어머니에 대해 말하지 않았는데 오지 않을 사람을 그리워하는 마음을 감당할 수 없었기 때문이다. 나와 살 때 식당과 다방 종업원으로 일했으니 이후로도 돈을 많이 버는 직업을 얻기는 어려웠겠지. 나는 그녀가 거동이 불편한 노인이 되어 있을 거라고 짐작했다. 그런데 나는 그녀를 제대로 알고 있기나 한 걸까?

2장

어린 시절의 빛과 어둠

나는 1977년 서울에서 태어났고 2년 뒤 남동생이 태어났다.

1층에는 주인집이 살고 우리 가족은 2층 부엌 딸린 단칸방에 산다. 어린 나는 겁 없이 덤벙거리고 밖에서 놀기를 좋아한다. 나는 계단을 뛰어내려 밖으로 나가려다 초록색 대문 턱에 걸려 넘어진다. 무릎이 시멘트 바닥에 부딪혀 까지고 피가 난다. 울면서 집에 돌아온다. 엄마가 피를 닦고 빨간약을 발라준다. 나는 다시 뛰어내려가 대문을 넘다 또 넘어져 같은 부위를 다친다. 울면서 집에 돌아온다. 엄마가 빨간약을 바르고 거즈를 네모나게 잘라 상처 부위에 대고 반창고를 붙인다. 나는 또 뛰어내려가고 엄마는 몇 번이고 상처를 치료해준다.

최초의 기억에는 엄마와 아빠가 함께 있다. 나는 아빠의 커다란 발 위에 내 작은 발을 올리고 그의 손을 잡는다. 아빠는 내 손을 꼭 잡고 왼발 오른발을 한 번씩 들어올렸다 내린다. 나는 떨어질 것을 걱정하지 않는다. 아빠는 나에게 다정한 거인 같다. 곁에서 엄마가 웃는다. 이제 막 걸음마를 뗀 동생이 자기도 해달라며 아빠 다리를 잡는다. 아빠가 웃으며 말한다. "두 명 다

올라와라." 한쪽 벽면으로 난 큰 유리창으로 햇볕이 가득 들어와 눈이 부시다. 아니 밤이었고 형광등 불빛에 눈이 부셨나? 내 기억 속에서 유일하게 네 명이 웃고 있는 장면인데 어쩌면 상상일지도 모르겠다. 나는 밤에 자리에 누워도 금세 잠들지 못하는 아이였다. 잠자는 척 눈을 감고 내가 갖고 싶은 것을 상상하고 또 상상했다. 그러면 진짜처럼 느껴졌다.

아빠는 사우디아라비아에 돈을 벌러 떠났다. 사막과 건설 장비를 배경으로 눈썹을 찡그린 사진을 찍어 보내왔다. 어느 날부터 엄마는 아빠가 돈을 보내지 않는다며 화를 내기 시작했다.

엄마는 커다란 가방을 챙겨 나와 동생을 데리고 시외버스터미널로 가서 버스를 탔다. 창밖으로 건물이 많이 보이더니 어느새 논과 밭이 나타나고 큰 강이 흘렀다. 와, 강이다! 동생과 나는 창문에 얼굴을 들이민다. 우리가 도착한 곳은 시골 외조부모 집이다. 엄마는 커다란 가방을 마루에 내려놓더니 이렇게 말하고는 서울로 돌아갔다. "식당에 취직했어. 앞으로는 밤늦게까지 일하지 않으면 먹고살 수가 없는데 너희 밥 챙겨줄 사람도 없고. 여기에 몇 달만 있어. 할머니, 할아버지 말씀 잘 듣고." 할머니 집에는 몇 번 온 적이 있어 낯설지 않다. 마당에서 커다란 흰 개가 꼬리를 흔든다. 그날 밤 그 개를 타고 들판을 달리는 꿈을 꿨다.

할머니 집에는 서울의 단칸방보다 재미있는 것이 많다. 별채 뒤 외양간에는 누렁소가 있고, 뒷마당 닭장에는 닭들이 있다. 할머니는 매일 아침 우리에게 밥을 준 뒤 텃밭으로 일하러 나가고 할아버지는 소에게 여물을 준 뒤 경운기나 오토바이를 타고 나간다. 동생과 나는 늘 같이 다닌다. 우리는 외양간에 가서 소를 한참 보다가 파리나 지렁이를 잡아서 닭장 안에 넣어준다.

할머니 집은 중간 마을에 있다. 윗마을에는 목장과 군부대가 있고 아랫마을에는 여러 채의 집이 있다. 중간 마을에는 할머니 집과 맞은편 초가집뿐이다. 초가집에는 아파서 누워 있는 할아버지와 꼬부랑 할머니, 나보다 서너 살 많은 오빠가 살고 있다. 아침을 먹고 나면 대문 밖에서 오빠가 외친다. "노올자." 흰 개가 꼬리를 흔든다. 오빠는 나와 동생을 데리고 온 마을을 헤집고 다닌다. 오빠는 재밌는 것을 많이 알아 우리에게 알려준다. 비탈길 진흙은 무얼 만들기에 좋고, 아카시아 꽃 끝을 빨면 달고, 피리 소리가 나는 풀은 따로 있다고 한다. 큰길로 가면 미군 장갑차와 트럭이 지나가고 "기브 미 초콜릿"을 외치면 미군들이 은박지에 싸인 것을 던져준다. 너무 달아서 이가 아픈 초콜릿과 찐득찐득한 쿠키가 그 안에 들어 있다. 오빠는 우리에게 라면 수프를 밥에 비벼 먹는 방법도 알려준다.

여름에는 할아버지가 운전하는 경운기를 타고 아랫마을을 지나 북한강으로 간다. 우리가 찬 강물에서 물싸움하고 놀면 할머니는 강바닥에서 다슬기를 잡아 주전자에 모은다. 나와 동생은 누가 다슬기를 더 많이 잡나 시합한다. 할머니가 강에 쭈그리고 앉아 있는 모습을 보면서 강에 쉬를 한다고 생각한다. 해가 기울어 하늘이 붉어질 때 우리는 다시 경운기를 타고 집으로 돌아온다. 겨울에 우리는 산으로 탐험을 떠나 얼음 동굴을 발견한다. 동굴 안은 아늑하고 천장에 고드름이 반짝인다. 눈이 많이 온 날 할아버지가 비료 포대 안에 볏짚을 넣어 눈썰매를 만들어준다. 우리는 그걸 들고 윗마을 언덕으로 올라간다. 언덕에는 아랫마을에서 올라온 아이들 몇이 더 있다. 하얀 눈세상에서 폭신한 눈썰매를 타고 아래로 날아간다.

윗마을에서 조금 더 올라가면 군부대가 있다. 할머니는 라면을 끓여 군인들에게 파는 일도 한다. 휴가 나온 군인이 할머니 집에 와서 라면을 먹는 동안 할머니는 꼭 내 자랑을 한다. "얘가 얼마나 똑똑한지 알아? 구구단을 벌써 다 외웠다니까. 그림도 잘 그리고 노래도 잘 불러. 미희야 구구단 좀 외워봐라." 할머니는 내가 똑똑하다고 자랑하다가도 아무도 없을 때는 "여자애가 재주가 많으면 커서 굶어. 한 가지를 잘해야지" 타박하기도 한다.

초겨울 저녁 할아버지가 윗마을 목장에서 어미 소가 송아지를 낳는 중인데 도와주러 간다 해서 나와 동생은 할아버지를 따라갔다. 덩치 큰 소가 눈을 끔뻑이며 음메- 음메- 운다. 엉덩이에 커다란 비눗방울 같은 것이 매달려 있고 그 안으로 송아지 다리가 보인다. 어미 소가 큰소리로 울며 몸을 떨어도 송아지는 나오지 못한다. 목장에 있던 아저씨 두 명과 할아버지가 송아지 발목을 노끈으로 묶어 잡아당긴다. 아프지 않을까? 저렇게 송아지를 억지로 빼내도 괜찮은 걸까? 하나, 둘, 셋 기합 소리에 맞춰 잡아당겨도 좀처럼 나오지 못한다. 어미 소가 크게 한 번 울고 몸을 떨자 마침내 송아지의 몸통과 머리가 나온다. 와! 동생과 나는 소리친다. 송아지가 퉁 하고 바닥에 쌓아놓은 볏짚 위로 떨어지자 어미 소가 혀로 송아지를 핥는다. 송아지는 일어서려다 쓰러지고 일어서려다 쓰러진다. 어미 소는 계속 송아지를 핥는다. 내 어머니도 나를 낳을 때 저렇게 아팠을까? 나를 저렇게 핥았을까? 그런데 지금은 어디로 간 거지? 송아지는 신기하게도 금방 일어선다.

전화기는 온 마을을 통틀어 아랫마을 이장님 댁에 하나 있다. 어느 날 엄마가 전화해 아빠와 같이 온다고 했다. 엄마와 아빠가 오기로 한 날 할머니는 아침부터 바쁘다. 부엌 곤로의 불을 켜고 들통에 물을 담아 올린다. 닭장에 가서 도망치는 닭의 날갯죽지를 잡아채 마당으로 갖고 나온다. 닭을 우물가에 눕혀놓은 할머니는 눈 하나 깜짝 않고 식칼로 닭목을 단숨에 내리친다. 닭은 목이 없는 상태로 마당을 뛰어다닌다. 동생과 나는 손으로 눈을 가리고 손가락 사이로 본다. 바로 어제 동생과 내가 메뚜기를 잡아 닭장에 넣어줬는데 이렇게 한순간에 죽다니.

엄마와 아빠가 왔다. 아버지는 사우디아라비아에서 언제 온 것일까? 어른들은 어린이에게 아무것도 설명하지 않는다. 어린이의 인생에 가장 중요한 일이라도 어른의 눈에는 알 필요가 없는가보다. 할머니와 엄마가 마루에 상을 펴고 그 위에 백숙과 밥, 반찬을 놓는다. 상 앞에 앉은 엄마와 아빠는 말없이 백숙을 먹는다. 나는 살아 있던 닭이 생각나 먹기가 망설여진다. 할머니는 닭다리를 뜯어 아빠 밥그릇 위에 올려놓는다. "김서방이 이해하고 살아야지. 애들도 있잖은가. 애네들은 어쩌려고." 아빠는 상 위에 있던 소주를 연거푸 마신다. 엄마가 가고 조금 이따가 아빠가 비틀거리며 간다. 언제 다시 오겠다는 말도 없었다.

겨울에 동생과 나는 할머니와 할아버지가 주무시는 안방 아랫
목에서 같이 잤다. 밖에는 바람 소리가 거셌다. 동생은 잠들었
고 나는 잠이 들락 말락 했다. 할머니가 이불을 내 어깨까지 끌
어올려주며 말했다. "미희야, 저기 언덕의 나무를 생각해봐라.
따로 물 주고 돌봐주는 사람 하나 없지만 저 혼자서 잘 자라잖
니. 너도 그 나무처럼 잘 자랄 수 있다." 나는 하고 싶은 말이 있
었지만 졸려서 입 밖으로 내지 못했다. '할머니, 그 나무에게는
하늘에서 비춰주는 햇님이 있고, 빗님도 있잖아요. 저는 아무것
도 없다고요. 내겐 아무도 오지 않아요. 암흑뿐이라고요. 나는
버려졌어요.'

3장

가난한 서울살이

봄이 왔다. 나는 여덟 살이 되어 초등학교에 들어가야 하는데 할머니네 시골에는 학교가 없다. 엄마는 나와 동생을 다시 서울로 데리고 왔다. 엄마는 골목이 많은 동네 단칸방에서 혼자 살고 있었다. 엄마는 일을 나가고 동생과 나 단둘이 있을 때가 많다. 흰 개도, 앞집 오빠도, 뒷산도, 실개천도 없는 서울의 골목은 따분하지만 동생과 같이 있어서 무섭지는 않다.

어느 날 엄마는 나와 동생을 큰 골목 평상으로 데려갔다. 평상에 앉아 있던 팔뚝이 굵은 아저씨에게 우리를 소개하며 그 아저씨를 아빠라고 부르라고 했다. 아저씨는 동생을 자기 다리 위에 그리고 나는 그 옆에 바싹 당겨 앉혔다. "앞으로 아빠라고 불러. 아빠! 해봐라. 이제 김미희가 아니라 박미희가 되는 건가? 하하하." 아저씨는 자기 이야기가 굉장히 웃겼나보다. 나는 시키는 대로 그 아저씨를 아빠라고 부른다. 동생은 언젠가부터 나 말고 다른 사람에게는 아무 말도 하지 않는다.

아저씨는 평상 뒤에 있는 정육점 사장이다. 유리로 된 정육점 문을 열고 들어가면 붉은색 고기들이 있고 그 뒤로 커다란 은색 냉장고가 있다. 냉장고 옆으로 난 쪽문을 열면 작은 방이 있고 우리는 그 방에서 산다. 손바닥만 한 방은 어른 두 명이 누우면 꽉 차서 동생과 나는 밤에 냉장고 위에 이불을 깔고 잔다. 지이이이잉- 냉장고 소리를 듣다가 소리가 멈추면 잠이 든다. 미친년아! 엄마와 아저씨가 싸우는 소리에 잠에서 깬다. 이불을 뒤집어쓰고 냉장고 아래를 훔쳐보면 그 둘은 서로에게 삿대질하며 소리 지르고 있다. 돈! 돈! 이 돈으로 어떻게 살아! 너는 입만 열면 돈이냐? 니가 돈을 못 버니까 그렇지. 그러는 너는 낮에 누구랑 있었어? 니 새끼들 데리고 나가!

싸움의 내용은 전부 돈이다. 냉장고는 다시 지이이이이잉- 소리를 내며 흔들리고 나는 아저씨가 엄마를 때리지 않을까 겁이 난다. 눈에서 눈물이 나와 베개를 적시고 귓속까지 축축하게 한다. 눈물이 계속 흘러 냉장고가 폭파되진 않을까? 우는 걸 멈춰야 한다. 그러기 위해서는 소리를 들으면 안 된다. 옆으로 누워 한쪽 귀를 베개로 막고 반대쪽 귀는 손가락으로 막는다. 소리가 들리지 않는다고 상상하고 지금 외할머니 시골집에 있다고 상상한다. 강에 앉아 할머니가 쉬하는 동안 태양이 붉어진다. 온 세상이 흰 눈으로 뒤덮인 마을을 동생과 나, 오빠는 눈썰매를 타고 날아다닌다. 이불 속 동생의 작고 따뜻한 손을 잡는다. 상상 속에서 나는 이곳에 없다. 눈물이 멈춘다.

몇 달 후 엄마는 짐을 싸서 우리를 데리고 정육점에서 나왔다.

언덕 위의 집 단칸방으로 이사를 했다. 엄마가 일하러 나가

면 동생과 나 둘이서 집에 있었다. 미닫이 수납장을 열면 엄마
가 어디서 가져왔는지 모르는 텔레비전이 있다. 엄마는 일을 나
가 저녁 늦게 돌아왔고 동생과 나는 엄마를 기다리며 텔레비전
을 봤다. 어느 밤 수신료를 받으러 왔다며 밖에서 누가 소리를
질렀다. 엄마는 나에게 수납장을 닫으라고 시키고는 밖에 나가
서 말했다. "우리 집에 텔레비전 없어요. 먹고살기도 힘든데 텔
레비전이 어떻게 있겠어요?"

언덕 위 동네 전체가 정전이 되던 때가 있다. 그러면 우리 가
족 셋은 마당으로 나가 별을 봤다. 밤에 잠들면 아침까지 깨지
않았다.

찬바람이 불고 엄마는 언덕 아래 큰길에서 붕어빵을 판다. 저녁이면 엄마는 팔다 남은 붕어빵을 봉지에 담아 집에 가져오고 동생과 나는 그걸 맛있게 먹는다. 붕어빵을 파는 곳에 가 팥소가 터져 팔지 못하는 붕어빵을 먹으면서 엄마의 일이 끝나기를 기다리는 날도 있다. 붕어빵 기계가 실린 리어카는 무거워서 언덕 위 집까지 끌어올리기가 힘들다. 엄마가 앞에서 끌고 뒤에서 동생과 내가 밀어도 꿈쩍을 안 한다.

봄이 되자 엄마는 붕어빵 리어카를 다른 사람에게 팔고 식당에 취직했다. 언덕 아래 부엌이 딸린 단칸방으로 이사했는데 이번에는 부엌 위로 작은 다락이 있어서 숨바꼭질하기 좋다.

어느 날 학교가 일찍 끝나 집에 오다가 출근하는 엄마와 마주쳤다. 엄마는 내게 "식당 월급이 너무 적어서 다방 주방으로 옮겼어. 냉장고에서 반찬 꺼내 동생이랑 저녁 먹어" 하고는 지나쳐 갔다. 그녀의 얼굴이 어딘가 낯설어 자세히 보니 붉은 립스틱을 발랐고 진한 쌍꺼풀이 져 있다.

그해 겨울 엄마가 양복 입은 아저씨를 집에 데려왔다. 아저씨가 검은 봉지에 귤을 잔뜩 담아와서 우리는 방 한가운데 깔려 있던 이불을 덮고 귤을 까 먹었다. 귤은 먹어도 먹어도 검은 봉지 안에서 계속 나온다. 입안 가득 침이 고이는 시고 달콤한 귤. 엄마는 다락에 이불을 깔아주며 말했다. "오늘 둘은 다락에 올라가서 자." 다락에 누워 아래 방에서 엄마와 아저씨가 싸우는 소리가 들리는 건 아닐까 귀 기울였지만 아무 소리도 들리지 않는다. 양복 아저씨는 선생님이나 회사원 같다. 정육점 아저씨처럼 욕하거나 화를 낼 것 같지는 않다. 언젠가 이 아저씨를 아빠라고 부르는 날이 올 수도 있다. 양복을 입었다는 건 직업이 있다는 뜻이니까 돈도 벌어오겠지. 그런 생각을 하며 잠이 든다.

"엄마, 저 멜로디언 사야 돼요. 학교에서 가져오래요." 이 말을 한 지 2주가 넘었다. 음악 시간에 친구들이 멜로디언 연주를 하는 동안 나는 손을 들고 서 있어야 한다. 푸푸 호스를 입으로 불고 건반을 누르면 소리가 나는 작은 피아노. 친구들한테는 다 그 작은 피아노가 있는데 나만 없다. 음악 시간이 싫다. 일요일에 엄마는 나와 동생을 데리고 동네에서 조금 멀리 떨어진 문방구에 갔다. 선반 위의 온갖 학용품과 장난감 위로 먼지가 쌓여 있었다. 큰 문방구인데 형광등은 하나만 켜져 있어 어둡다. 주인아저씨가 알려주신 멜로디언이 있는 위치를 찾아 구석으로 들어갔다. 엄마는 주인에게 멜로디언 가격을 깎아줄 수 없냐고 묻고는 비싸서 안 되겠다, 다음에 사줄게, 그랬다.

나는 열 살이 되었다. 엄마는 동생과 나를 데리고 지하철을 탄다. 나는 처음 타는 지하철이 신기해서 주위를 두리번거린다. 엄마는 한 아파트로 들어가 엘리베이터 버튼을 눌렀다. 아파트도 엘리베이터도 처음인 나는 새로운 경험을 하는 게 신나서 엄마를 쳐다보는데 그녀의 표정이 무섭고 슬프다. 초인종을 누르자 처음 보는 할아버지가 문을 연다. 흰 벽지에 커다란 한문이 적힌 액자가 거실과 방에 하나씩 걸려 있어 시골 외할머니 집과는 분위기가 완전히 다르다. 엄마는 우리에게 인사하라고 시켰는데 할머니와 할아버지가 인사를 받지 않아 뭔가 이상하다.

엄마는 두 노인 앞에 무릎을 꿇었고 덩달아 동생과 나도 무릎을 꿇었다.

"따님이 바람나서 애들 아빠랑 살림 차린 건 알고 계시죠? 부모님이 말리셨어야죠. 따님은 나이도 어려서 새로 시작할 수 있잖아요. 아직 애도 없고요. 이 어린애들이 아빠도 없이 어떻게 살라는 말씀이세요? 두 분이 따님을 잘 설득해주세요." 짐작건대 엄마가 말하는 애들은 나와 동생이고 할머니와 할아버지는 아빠와 같이 사는 여자의 부모님인 것 같다. 우리는 엄마의 인질이다. 도망가고 싶지만 대체 어디로? 두 노인은 얼굴이 하얗게 질려 우리에게 얼른 나가라고, 나가버리라고 소리친다.

이튿날 엄마는 우리를 버스에 태워 처음 가는 동네로 데려갔다. 초등학교 옆에 있는 문방구에 가서 우리에게 갖고 싶은 것이 있는지 묻는다. 동생은 말없이 바닥만 보고 있고, 나는 몇 달 전 친구네 집에서 본 마론인형이 갖고 싶다고 했다. 문방구 주인이 그런 인형은 안 판다고 하자 엄마는 다음에 사주겠다고 했다. 엄마는 길을 걸으며 말한다. "엄마가 돈 벌어서 1년, 아니 2년 있다가 데리러 올게. 그때까지 아빠하고 아빠랑 같이 사는 아줌마랑 살고 있어. 같은 동네에 큰엄마도 있으니까 잘 보살펴 줄 거야. 지금은 엄마가 너희를 키우면서 일을 할 수가 없어. 엄마가 꼭 데리러 올게." 나는 엄마가 무슨 말을 하는지 모르겠다.

엄마는 골목을 걷다가 파마머리를 한 아줌마가 서 있는 집 앞에서 멈춘다. 나는 갑자기 눈물이 쏟아진다. 그제야 엄마의 말을 알아들었다. 얼굴도 기억나지 않는 아빠와 모르는 아줌마와 살아야 한다는 거다. 할머니 집에 맡겨질 때와는 다르다. 엄마는 2년 후에 다시 온다고 하지만 그 말을 어떻게 믿지? 늘 다음에 다음에 하고 말했지만 다음은 없었는데. 엄마가 우리를 떠나려 하고 있다. 나를 버리려고 한다. 나는 울면서 엄마 팔에 매달려 악을 쓴다.

"싫어요! 엄마랑 살래요. 엄마랑 살 거예요. 앞으로 뭐 사달라고 안 할게요. 멜로디언 필요 없어요. 동생이랑 안 싸울게요."
세상이 끝나는 것 같다. 컴컴한 절벽 아래로 내팽개쳐지는 것 같다. 동생도 옆에서 운다. 엄마는 자신의 팔을 잡고 있는 내 손을 힘주어 잡아 떼어냈다. "안 돼! 엄마랑 같이 살 수 없다고 했잖아. 이제 나도 더는 못하겠다. 너무 힘들어. 너네는 여기서 살아야 돼. 꼭 다시 데리러 올게." 옆에 있던 아줌마가 내 몸을 안아 못 움직이게 한다. 엄마는 뛰어서 가버린다.

나는 한참을 울다 기운이 빠져 바닥에 널브러진다. 동생도 옆에 주저앉는다. 아줌마가 우리를 내려다보며 말한다. "내가 너네 큰엄마다. 너네 계속 이러고 있으면 나 혼자 가버린다. 일어나 따라와." 큰엄마는 골목 끝 사거리에 있는 2층 건물 마당을 통과해 지하로 내려간다. 시끄러운 기계 소리가 들리고 공기가 탁하다. 옷더미 사이에서 미싱을 돌리는 아줌마 세 명이 있다. 가운데 앉은 아줌마를 가리키며 큰엄마가 "저기가 이제 너네 엄마다. 예쁘지? 앞으로 말 잘 들어라" 하고는 우리에게 공장 일이 끝날 때까지 다락에서 기다리라고 한다. 동생과 나는 공장 안 나무 사다리를 타고 다락으로 올라가 옷감이 잔뜩 쌓인 곳 옆에 눕는다. 울어서인지 옷 먼지 때문인지 목이 아프다.

4장

새어머니의 집으로

"따라와." 새엄마가 앞장서서 걷는다. 봉제공장 건물을 나와 조금 걷다가 이층집 초록색 대문 안으로 들어간다. 낮에 이 앞에서 엄마와 헤어졌는데 아주 오래전 일 같다. 새엄마는 마당에 있는 화장실 위치를 알려준 뒤 1층 현관문을 열고 들어간다. 조명을 켜지 않은 어두운 거실을 지나 가장 안쪽 미닫이문을 연다. 여기다. 그녀가 말했다. 방 한 칸에 텔레비전, 이불이 올려져 있는 서랍장, 비키니옷장이 있다. "화장실 갈 때 마루에서 뛰면 안 돼. 집주인은 위층 아줌만데, 그 아줌마 언니가 1층 주인이야. 저기 방 두 개가 그 아줌마 방이니까 절대 열면 안 되고." 친엄마가 2년 후에 데리러 온다고 했으니까 그때까지 여기서 지내야 한다. 오줌이 마려워 조심조심 거실 마루를 지나 마당에 있는 화장실에 다녀왔다.

늦은 저녁 아빠가 왔다.
"인사해야지." 새엄마의 말에 동생과 나는 허리 굽혀 인사를 한다.

안 본 사이에 많이 컸네. 아빠는 무표정인 새엄마와 다르게 웃고 있다. 그래, 아빠는 친아빠니까 우리에게 나쁘게 하지는 않을 거야. 마음이 조금 놓인다. 아빠가 새엄마에게 한잔하게 안주를 가져오라 하자 새엄마는 아빠를 노려보며 부엌에 가서 쟁반에 김치와 김을 담아온다. 아빠는 들고 온 검은 봉지에서 소주와 과자를 꺼내 앉은뱅이상에 올려놓고 우리에게 가까이 오라고 한다.

"저기 아줌마가 이제부터 너희 엄마야. 앞으로 엄마 말씀 잘 들어야 돼. 말 안 들으면 쫓겨날 줄 알아. 지난 일은 다 잊어라. 지금은 방 한 칸이지만 아빠가 돈 벌어서 금방 큰 집으로 이사 갈 거다." 그는 소주를 한 잔 마시고 아내를 보면서 말한다.

"당신도 이리 와봐. 얘들아! 엄마 하고 불러봐." 나는 그녀를 향해 엄마 하고 말한다. 몇 년 전에도 모르는 아저씨를 아빠라고 부른 적이 있으니까 잠시 이 아줌마를 엄마라고 부르는 건 어렵지 않다. 나는 고작 열 살이고 여기 아니면 갈 곳이 없다.

옆에 앉은 동생은 아무 말 없이 바닥의 누런 장판만 보고 있다.

"너는 왜 안 불러?" 아빠가 화를 낸다.

동생 대신 새엄마가 말한다. "천천히 해요. 애가 낯설어서 그러지."

"사내자식이 이렇게 쭈뼛거려서 되겠어!" 아빠는 인상을 쓰며 화를 내더니 곧 웃는다.

"그래, 앞으로 다 좋아질 거다. 여기 와서 과자 먹어라. 너네 온다 그래서 사왔어."

아빠는 술을 마시며 텔레비전을 보고 나와 동생도 텔레비전을 본다. 새엄마는 서랍장 위 요와 이불을 내려 방바닥에 깐다. 바닥은 이불로 가득 찬다. "어린이는 9시에 자야 돼. 그래야 키가 커. 앞으로 너희 이불은 너네가 직접 펴는 거야." 그녀의 말은 무엇이든 명령처럼 들린다. 아빠에게도 애들 자게 텔레비전을 끄라고 한다. 아빠, 새엄마, 나, 동생 순서로 눕자 불이 꺼진다. 나는 누워서 오늘 일어난 일을 떠올려본다. 친엄마는 2년 후에 다시 온다고 했으니까 그때 나는 5학년이 되고 동생은 3학년이 되겠지. 그러면 또 전학을 가야 하는 걸까. 왜 우리 부모는 이혼을 한 걸까. 2년 뒤에 오지 않으면 어떡하지? 3년 뒤에는 올까? 어렵게 잠이 들었다가 텔레비전 소리에 깼다. 아빠가 텔레비전을 보며 바닥에 놓인 소주를 마시고 있다.

며칠 뒤 큰엄마가 나에게 친엄마가 전해주라고 했다면서 빨간 모자를 쓴 커다란 헝겊 인형을 주었다. 인형은 내 허리까지 올 정도로 키가 크고 코르덴 원피스를 입고 노란색 양갈래 머리를 하고 있다. 내가 갖고 싶었던 건 이렇게 큰 인형이 아니라 하늘거리는 드레스를 입은 작은 마론인형인데 친엄마는 정말 나에 대해 아무것도 모른다. 인형은 단칸방에 두기에 너무 크다. 새엄마는 인형을 방에서 유일하게 가구가 놓이지 않은 모서리에 두고 그 인형을 볼 때마다 한숨을 쉬고 나는 미안해진다. 불청객 1호 김미희, 2호 커다란 인형. 며칠 뒤 대문 밖에 버려진 인형을 보았다. 내가 갖고 싶었던 인형이 아니라 슬프지는 않지만 언젠가 나도 저 인형처럼 버려질 수 있겠다는 생각이 머리를 스친다.

첫 번째 일요일, 새엄마는 동생과 나를 데리고 동네 목욕탕에 간다. 목욕탕에는 큰엄마와 사촌 여동생이 기다리고 있다. 하얀 수증기 속에서 여자들이 열심히 때를 민다. 매끈한 살, 주름진 살, 볼록한 가슴, 늘어진 가슴. 옷을 걸치지 않은 몸은 그녀들의 나이를 드러낸다. 큰엄마는 우리에게 탕 안에서 때를 불리고 나오라고 시킨다. 탕 안에서 몸이 뜨거워진 나는 웅크려 새엄마에게 등을 내밀고 그녀는 때 타월로 등을 민다. 스윽스윽. 아프면 말하라고 하지만 말하지 못한다. 얼마큼 아플 때 말해야 하는지 모르겠다. 옆에서 큰엄마 목소리가 들린다. "때가 엄청 나오네. 대체 네 엄마는 너네를 씻기기는 했니?" 친엄마를 흉보는 건 나를 흉보는 것 같아 창피해 몸을 더 웅크린다. 새엄마는 내 뒷목에서 엉덩이까지 구석구석 때를 민다. 바가지에 물을 담아 등에 부으면 발밑으로 검정 때가 우수수 떨어져 수챗구멍으로 쓸려내려간다. 새엄마는 여러 번 내 등에 물을 붓는다. 그 후로 1주나 2주에 한 번씩 목욕탕에 간다. 동생은 목욕탕에서 자기 반 여자애를 만난 후부터 여탕에 따라오지 않는다. 두 번째 목욕탕에 갔을 때 새엄마는 나에게도 자신의 등을 밀라고 했다. 나는 있는 힘을 다해 새엄마의 등을 밀지만 때는 거의 나오지 않는다. 목욕탕에서 서로의 등을 미는 일은 하나의 의식과도 같아서 그녀는 어떤 일로 화가 나 오래 말을 하지 않는 동안에도 내 등을 밀고 내게 등을 맡긴다.

새엄마가 나를 데리고 미용실에 간다. 미용사는 내 머리를 자르면서 거울 속에 비친 새엄마를 보더니 잠깐 망설이다가 묻는다. "어떤 사이야? 이모?"

"엄마예요." 나는 거울 속에서 어색하게 웃고 있는 새엄마를 본다.

"아, 그렇구나. 어쩐지. 눈매가 아주 똑같네요. 눈이 예뻐요." 미용사는 거짓말을 한다.

그녀와 나는 모녀라고 하기에는 너무 다르게 생겼다. 나는 눈이 찢어지고 코가 크고 얼굴이 동그랗다. 그녀는 눈이 크고 코가 작고 얼굴이 갸름하다. 열 살 아이의 엄마라고 하기에는 지나치게 젊어 보인다. 처음 만나는 모든 사람이 그녀와 나의 관계를 궁금해한다. 그녀는 자신이 새엄마라는 사실을 숨겼고 나는 그녀의 친딸이 아니라는 사실을 숨겼다. 그녀는 거짓말이 가장 나쁜 짓이라고 하면서도 학교에서 가정환경조사서가 오면 자신의 나이를 높여 썼고 직업 항목에 아빠는 회사원, 자신은 주부라고 적었다.

밤 9시면 요를 깔고 이불을 덮고 자야 한다. 동생과 나는 요 위에 똑바로 눕고 잠들기를 기다린다. 아빠가 아직 집에 오지 않았다. 누워서 할머니가 계신 시골 생각을 하다가 잠이 든다.

"네가 그러고도 인간이냐!" 새엄마 목소리에 잠이 깼다. "가장한테 니가 뭐냐? 니가! 그런 버릇은 어디서 배웠어?" 술 취한 아빠의 목소리다. 잠은 깼지만 눈은 뜨면 안 된다. 잠자는 척 누워 있어야 한다. 나는 이불 속에서 동생의 손을 잡았는데 그 작은 손이 내 손을 꼭 잡는 걸 보면 동생도 깼나보다. 동생 손을 잡으면 나는 혼자가 아니라고 느껴져 조금 안심된다.

아빠는 맨정신일 때는 잘 웃고 유순하지만 술에 취하면 갑자기 화내고 욕을 한다. "네가 남편을 개떡같이 아니까 내가 나가서도 일이 안 되는 거야!"

"나가서 일을 하기는 하는 거야? 집에 돈 한 푼 안 가져오면서 술 사 마실 돈은 있어?" 새엄마는 평소에는 말이 없지만 아빠가 술주정할 때는 지지 않고 아빠를 비꼬거나 소리를 지른다.

"네가 일한다고 유세하냐! 너 돈 얼마 버는데? 쥐꼬리만큼 벌면서 그걸로 남편을 우습게 봐?"

"애들까지 데려왔으면 정신 차리고 일해야지. 매일 술 마시면서 무슨 일을 해!"

새엄마와 아빠는 몇 시간을 돈과 술 그리고 데려온 아이들 문제로 소리 지르고 싸운다. 동생과 내가 여기 오기 전에도 둘은 저렇게 싸웠을지 궁금하다. 똑바로 누운 자세로 오래 있어서 팔다리가 저리기 시작한다. 지금 옆으로 누우면 새엄마는 내가 깬 걸 눈치챌 테고 잠을 안 잔다고 혼낼 것이다. 잠들어 있는 사람은 몸을 어떻게 옆으로 돌릴까? 퍽! 소리가 났다. 눈을 살짝 떠서 무슨 일인가 살핀다. 아빠가 이불 위에 넘어져 있다. "씨발! 니가 그렇게 잘났으면 여기 있지 말고 나가!" 아빠는 비틀거리며 미닫이문을 연다. 새엄마는 그 뒤에 대고 소리친다. "나 가려면 네가 나가. 너 김씨 애들 데리고 나가. 여기 보증금도 내 돈이고 월세도 내가 내!" 아빠가 쾅 문을 열고 나간다. 나는 다시 눈을 꼭 감는다. 고요…… 온 세상이 고요해진다. 새엄마의 한숨 소리가 들린다. 사람이 잠을 잘 때 눈동자는 움직이지 않는 걸까? 몸을 뒤척이듯이 조금 움직이기는 하는 걸까? 나는 잠든 척하려고 눈꺼풀 아래 눈동자를 움직이지 않기 위해 애쓴다. 어둠 속에서 한곳을 응시한다. 눈 안에서 하얀 먼지들이 반짝인다. 이대로 정말 잠들고 싶다.

짜악! 갑자기 왼쪽 뺨에 손이 날아왔다. 새엄마 손이다. "너 안 자고 있는 거 다 알아! 자랬지. 누가 자는 척하래?" 나는 눈물이 나오려 하지만 참는다. 눈을 더 꼭 감는다. 나는 잠들어 있어서 부모님이 싸우는 소리를 듣지 못했다. 그녀가 따귀 때리는 걸 모른다. 거실 밖에서 옆방 아주머니의 소리가 들린다. "왜 그렇게 매일 싸워요? 대체 잠을 잘 수가 없네. 사람들이 양심이 없어. 방 빼고 나가라 해도 나가지도 않고." 다시 고요해진다. 작게 흐느끼는 소리가 들린다.

새엄마가 일하는 봉제공장의 사장은 재단사인 큰아빠인데 공장에 있는 시간은 많지 않다. 미싱사인 큰엄마가 다른 미싱사 세 명, 시다 한 명, 잡일 하는 남자 두 명에게 일을 시킨다. 한동안은 학교가 끝나면 동생과 봉제공장으로 가야 했다. 집에 아무도 없고 동네에 친구도 없으니까 길거리를 돌아다니면 위험하다는 이유에서다. 좁은 시멘트 계단을 내려가면 드르륵 드르륵 미싱 돌아가는 소리, 쉬익 쉬익 다리미 김 내뿜는 소리, 항상 틀어놓는 라디오 노랫소리가 들린다. 학교 다녀왔습니다 인사를 하면 새엄마는 미싱대 의자 바구니에 있는 크림빵 두 개를 꺼내 나와 동생에게 먹으라고 준다. 요구르트나 우유를 같이 주기도 한다. 이 빵은 공장에서 간식 시간에 나오는 건데 새엄마는 그걸 안 먹고 우리에게 준다. 시다 할머니가 사탕이나 과자를 줄 때도 있다. 빨간 플라스틱 의자에 앉아서 사람들이 일하는 모습을 구경한다. 큰엄마가 일하는 미싱대는 작업대가 하나라 양쪽이 비어 있지만 새엄마와 미싱사 두 명이 일하는 미싱대는 하나로 연결돼 있고 등 뒤는 바로 벽이며 양옆도 벽에 닿아 있다. 나는 처음에 그 안에서 밖으로 어떻게 나오는지 궁금했다. 출구가 없는 작업대. 아침에 그 안으로 들어가면 퇴근할 때까지 계속 있어야 하나? 화장실은 어떻게 가지? 새엄마가 작업대 옆을 들어올려 밖으로 나오는 모습을 보고서야 어떻게 나오는지 알았다. 아침 8시 반에 출근해서 저녁까지 밥도 미싱대에서 먹고 커피도 미싱대에서 마신다. 재단사인 큰아빠와 잡일 하는 아저씨 두 명은 미싱사보다 상황이 나아 보인다. 재단기가 1층에 있어서 1층과 지하를 오가기도 하고 가끔 골목에 나가 담배도 피운다.

열두 살이 되고 나서는 봉제공장에 매일 가지 않지만 가끔 준비물 살 돈을 받으러 간다. 새엄마에게 돈을 받아 나오는데 1층에서 잡일 하는 아저씨 두 명과 마주쳤다. 그 둘은 형제인데 공장 1층의 작은 방에서 밥을 먹고 잠을 잔다. 큰엄마는 그들을 삼촌이라고 부르라 했다. 진짜 삼촌은 아니고 다른 가족이 없는 불쌍한 사람들이라면서도 하인 대하듯 여러 가지를 시켰다. 두 형제가 내게 뭔가 보여주겠다며 같이 방에 들어가자고 한다. 나는 싫지만 말 못 하고 따라 들어갔다.

방에는 형제 말고 처음 보는 아저씨 두 명이 텔레비전을 보고 있다. 형제가 내게 앉아서 텔레비전을 보라고 하면서 웃는다. 텔레비전 화면에서는 옷을 벗은 덩치 큰 남자가 여자 옷을 벗기고 성기를 삽입하고 때린다. 여자는 맞으면서 웃는다. 나는 뭔가 이상해서 형제를 쳐다봤는데 그들도 나를 보며 웃는다. 나는 방을 뛰쳐나왔다.

나는 형제가 그런 걸 보여줬다고 누구에게도 말하지 못한다. 새엄마는 세상이 위험하니까 저녁 늦게까지 다니지 말고 6시면 꼭 집에 들어오라고 했다. 그녀는 7시에 퇴근하기도 하고 9시에 퇴근하기도 했는데 6시면 꼭 집에 전화해서 내가 들어왔는지 확인했다. 세상이 위험하니까. 그런데 진짜로 위험하고 나쁜 놈들은 세상 밖이 아니라 가까이에 있었다.

　이런 일도 있었다. 집 앞 골목을 걷는데 중학생쯤으로 보이는 모르는 오빠가 초등학교 뒷문으로 가는 길을 물었다. 나는 방향을 알려줬지만 그는 잘 모르겠다며 나보고 같이 가자고 했다. 나는 길을 묻는 사람에게는 친절히 알려줘야 한다고 배워서 학교 뒷문을 향해 앞장서서 걸었다. 그는 내 어깨에 팔을 올렸고 아무도 없는 골목에서 어깨에 둘렀던 팔을 내려 내 가슴을 더듬었다. 나는 가슴에 몽우리도 생기지 않아서 그가 무엇을 하는 건지 금방 알아차리지 못했다. 하지만 기분이 나쁘고 겁이 나서 도망쳤다. 내가 뭔가 잘못한 것 같아 누구에게도 그 이야기를 하지 못했다. 새엄마에게 말하면 혼날 것 같고 아빠에게 말한다는 건 상상도 되지 않았다. 시간이 지나면서 내가 당한 일이 별일 아닌 듯 느껴졌다.

새엄마는 내가 친엄마와 살 때는 몰랐던 여러 규칙을 알려준다. 어른이 먼저 먹을 것, 어른이 다 먹기 전에 자리에서 일어나지 말 것, 어른의 질문에 답할 것, 그러나 말대답은 하지 말 것. 나는 어떤 질문에 대답하고 어떤 질문에 대답하지 말아야 하는지 헷갈린다. 말을 안 하는 쪽을 선택한다. 말대답해서 혼날 때가 대답을 안 해서 혼날 때보다 더 많기 때문이다.

나는 눈을 감고 시골에서 즐거웠던 일을 떠올린다. 여름에는 강에서 다슬기를 잡고 겨울에는 언덕에서 눈썰매를 탄다. 앞집 오빠랑 동생이랑 진흙 놀이를 하고 달리기를 한다. 언젠가 다시 시골에 가면 행복해질 수 있을 거다. 언젠가 그날이 오면.

아빠는 거의 매일 술에 취해 있다. 애써 잠들었다가 새엄마와 아빠가 싸우는 소리에 깨는 날이 많았다. 하지만 나는 잠든 척을 해야 했고 잠든 어린이는 울지 않으니까 즐거운 상상을 하면서 눈물을 참았다. 매일 밤 시골집에서 놀았던 일들을 떠올렸다. 그래서 나중에는 내가 진짜로 시골에 갔었던 것이 맞는지, 앞집에는 정말 오빠가 살았는지 헷갈리기 시작한다. 모두 내가 만들어낸 상상은 아닐까? 어쩌면 시골에서 지냈던 시간은 고작 1년도 되지 않는 것 아닐까? 그 1년을 내가 되풀이해서 생각함으로써 몇 년처럼 길게 만들어버린 건지도 모른다.

시골에서 있었던 일에 대해 이야기를 나눌 사람이 없어서 내 기억이 맞는지 확인할 수가 없다. 동생이 있긴 하지만 아직 어려 나와 대화 상대가 되지 못한다. 나는 부모님이 나 때문에 싸우는 것은 아닌지 궁금했지만 물어보지 못했고, 아빠에게 술 좀 그만 마시라고 말하고 싶었지만 차마 못 했다. 내 고민을 터놓고 말할 친구도 없다. 학교에서 만난 친구들은 나와 완전히 다른 세계에 사는 듯 보인다.

일요일 아침이면 텔레비전으로 「코스비 가족」을 봤다. 커다란 집, 다정하고 유쾌한 부모, 사이좋은 형제자매들. 저런 가족이 정말 있는 걸까? 나는 집이 부자인 건 바라지도 않는다. 부모님이 싸우지만 않으면 좋겠다. 엄마 아빠가 다정하게 나를 안아준다면, 나를 보고 웃어준다면 좋겠다.

새엄마는 우리 몸을 깨끗이 하고 이틀에 한 번씩 갈아입을 옷을 준다. 내 손발톱을 검사하고 동생의 손발톱을 깎아준다. 한 달에 한 번 미용실에 데려간다. 그녀는 퇴근해서 집에 오면 단칸방을 한번 훑어보고 옷에 붙은 실밥을 떼어서 쓰레기통에 버린다. 동생과 내가 지저분하거나 집을 어지럽히면 혼을 낸다. 나는 그녀가 퇴근해서 집에 들어오기 전에 방 안을 점검한다. 방 걸레질을 하고 부엌에서 걸레를 빨아 냄새가 나는지 확인한 뒤 걸어놓는다. 마당에 널린 빨래를 개켜 서랍에 차곡차곡 넣는다. 아빠와 엄마의 옷을 넣는 서랍과, 동생과 내 옷을 넣는 서랍에 정확하게 옷이 들어갔는지 확인한다. 뭔가 잘못되어 있다면, 새엄마가 가르쳐준 대로 되어 있지 않다면 혼이 날 테고 나는 그게 무섭다. 혼이 난 후의 정적이 무섭다. 단칸방에서는 어머니의 눈을 피할 곳이 없다. 새엄마니까, 진짜 엄마가 아니니까 나를 혼내는 거야.

새엄마는 이런 이야기를 자주 했다. "네가 밖에서 잘못하고 다니면 사람들이 나를 욕해. 집에서 뭘 배웠냐고 한다고." 나는 어머니가 내게 지키도록 한 규칙, 귀가 시간 엄수, 어른에 대한 예의, 배려, 청결 등이 나를 위해서가 아니라 어머니가 다른 사람에게 욕먹지 않기 위해서 시키는 건 아닐까 의심한다. 새엄마는 나에게뿐만 아니라 자신에게도 엄격한 규칙을 세우고 그것을 지킨다. 네 식구가 사는 작은 방은 늘 청결하게 정돈되어 있고, 그녀는 일터에 지각하는 법이 없다. 나는 그녀에 비해 게으르고 더럽고 멍청하다고 생각한다.

저녁 7시쯤 아빠가 집에 왔다. 한 손에는 케이크 상자, 다른 한 손에는 검은 비닐봉지를 들고 있다. 나는 아빠에게 인사하고 재빨리 새엄마의 표정을 살핀다. 그녀의 기분은 아빠가 술을 마셨느냐, 얼마큼 마셨느냐에 따라 달라진다. 아빠는 술을 적당히 마신 적이 없다. 새엄마는 케이크를 당신 돈으로 샀냐고 묻는다.

"너 생일이잖아. 촛불 꺼야지. 나같이 잘하는 남편이 어디 있냐?" 아빠는 웃으며 대답한다.

"아니, 지금 집에 쌀이 떨어져도 살 돈이 없는데 케이크를 사요? 정신이 있는 거예요?"

"해줘도 말이 많아. 너 생일 챙겨주는 건 나밖에 없어. 기분 망치지 말고." 아빠는 동생과 내게 선물을 가져오라고 한다. 전날 내일이 엄마 생일이니까 선물을 사놓으라고 했다.

낮에 동생과 선물을 사러 돌아다니긴 했다. 모아두었던 내 돈 500원과 동생 돈 500원을 합쳐서 1000원. 1000원으로 어른 선물을 어떻게 사지? 태어나서 선물을 사본 적도 없고 새엄마가 뭘 좋아하는지도 모른다. 매일 혼나고 눈치 보느라 그녀에 대해 생각해본 적이 없다. 문방구에도 가고 슈퍼에도 갔지만 선물을 고르지 못했다. 쓸데없는 것을 샀다가는 그녀가 버릴 것 같았다. 큰길 좌판에서 여러 종류의 물건을 늘어놓고 팔고 있었다. 거기서 작고 투명한 플라스틱 어항 모형을 발견했다. 손바닥 위에 올려놓으면 반짝이고 붉은색 플라스틱 금붕어들이 움직였다. 이런 쓸데없는 물건, 새엄마가 좋아하실 리 없지만 너무 예뻐서 쓸데없는 것이라도 하나쯤은 갖고 싶었다. 나는 어항 모형을 샀다. 새엄마가 마음에 안 들면 나를 주겠지.

"생일 축하드려요. 동생이랑 같이 샀어요." 머릿속으로 여러 번 연습한 말을 하고 새엄마에게 선물을 내밀었다. "고맙다." 어른에게 고맙다는 말은 처음 듣는 것 같다.

아빠가 상 위에 케이크를 올리고 초를 꽂고 라이터로 불을 붙였다. 형광등 불을 끄고 아빠와 나, 동생은 생일 축하 노래를 부른다. 우리 중 아빠만 웃는 얼굴이다. 케이크를 먹고 나면 아빠는 술을 마실 테고 밤늦게까지 술주정을 할 것이다. 나는 긴 밤이 될 것 같아 불안하지만 케이크를 먹을 생각에 조금 설레기도 한다. 하지만 새엄마에게 설레는 표정을 들켜서는 안 된다. 새엄마는 먹고 싶지 않다고 하고 아빠는 술을 마셔서 케이크는 동생과 나만 먹는다. 아빠는 혼자 즐겁다. 샴페인을 다 마신 아빠는 또 술을 사러 나가고 새엄마는 소리를 지르며 화를 낸다. 늘 비슷하게 반복되는 일들.

아빠는 술을 마시면 나와 동생을 무릎 꿇어 앉히고는 묻는다.

"아빠 이름이 뭐냐?"

"김영한이요."

"김 자 영 자 한 자라고 해야지. 엄마 이름은 뭐냐?"

"최 자 혜 자 숙 자요." 빨리 대답하고 아빠가 하고 싶은 이야기를 다 들어야 이 술주정에서 풀려날 수 있다.

"여기 종이에 한자로 써봐." 아빠가 우리에게 가르칠 수 있는 건 자신의 이름 한자뿐이다.

"할아버지 성함은 김 자 찬 자 진 자야. 김좌진 장군이랑 같은 항렬이다. 아빠는 김두한 장군이랑 같은 항렬이고. 그래서 이름에 돌림자 한자가 들어가는 거야. 우리 집안은 안동 김가다. 조선시대에 유명했던 가문이지. 족보가 어디 있을 텐데. 아, 형네집에 있나보네. 다음에 갈 때 가지고 와야겠다. 너희 큰아버지가 젊을 때 공부를 잘했어. 나도 잘했는데 공부보다 노는 걸 좋아했고. 형은 경기고등학교에 갔다. 너는 잘 모르겠지만 명문고등학교지. 네 이름도 한자로 써봐."

여기까지가 레퍼토리 1번. 레퍼토리 2번은 자신의 젊은 시절 이야기다.

"어릴 때 우리 집이 아주 부자였어. 근방의 땅이 다 우리 거였지. 이발소도 세 개나 했다. 아버지가, 그러니까 네 할아버지가 술을 아주 좋아해서 나한테 술 심부름을 자주 시켰다. 이만한 빈 주전자를 들고 술도가에 가서 막걸리를 담아오는 건데, 글쎄 내가 오다가 길에서 다 먹어버렸지. 하하하하! 네 할아버지는 나중에 혼자 살았는데 술만 마시다 죽었어. 술 먹느라고 밥 먹는 걸 잊어버린 거야. 아버지 나이가 그때 마흔다섯이었다. 나도 마흔다섯에 죽을 거다."

아빠의 부모님은 모두 돌아가셔서 나는 한 번도 본 적이 없다. 아빠는 농담도 잘하고 거짓말도 잘해서 조부모님이 실제로 부자였는지 아닌지는 확인할 수 없지만 할아버지가 술을 많이 드시고 돌아가신 건 맞을 거다. 아빠에겐 형과 남동생이 있는데 그 둘도 적당히 마시는 법이 없다.

아빠의 형제는 모두 같은 동네에 산다. 큰아빠는 술을 마시면 집 안 가구를 마당으로 전부 내던지고 나와 동갑인 아들을 때린다. 명절 때 큰집에 가서 큰아빠가 경기고등학교를 졸업하고 베트남 전쟁에 참전했다고 들었다. 그의 폭력성이 베트남 전쟁 때문은 아닐까 싶기도 하지만 작은아빠를 보면 집안 내력이라고 하는 편이 맞겠다. 삼형제 중 막내 술꾼인 작은아빠는 술을 마시면 아내를 때리고 살림을 부수고 한 직장에 오래 있지 못

한다. 심장병을 갖고 태어난 딸과 지하 단칸방에 산다. 명절에 삼형제가 한꺼번에 모이는 일은 거의 없다. 큰아빠와 작은아빠는 사이가 무척 안 좋아서 만나면 크게 다치도록 싸우기 때문에 되도록 서로를 피한다.

명절은 너무나 이상하다. 큰엄마가 성당에 다녀서 제사를 안 지낸다고 하지만 상이 펴지고 국화꽃과 음식이 올려지고 향을 피우고 그 앞에서 남자들이 절을 한다. 여자들은 모여서 음식을 만들고 남자들은 술을 마신다.

큰집에는 아들딸이 있고 첫째 아들이 나와 동갑이다. 둘째인 딸은 내 동생과 동갑이다. 어른들은 내 생일이 더 빠르니 사촌에게 누나라고 부르라고 시켰다. 야, 라고 부르면 사촌을 혼냈다. 내가 누나가 맞긴 하지만 설거지를 돕거나 음식을 나르는 일은 나에게 시켰다. "여자는 음식을 잘해야 돼. 그래야 시집을 잘 간다." 어른들은 그렇게 말했다. 그렇다고 사촌이 부럽지는 않았던 것이 큰아빠는 자기 아들이 맘에 들지 않을 때면 위협을 하거나 때렸기 때문이다.

남자는 이래야 하고 여자는 저래야 한다는 것을 어른들은 법도로 여겼다. 나는 머리가 짧고 겁이 없고 성격이 덤벙거리고 달리기를 잘해서 남자애 같다는 소리를 들었다. 우리 집이든 큰집이든 늘 TV가 켜져 있었고 TV 속 드라마에서 엄마들은 앞치마를 입고 부엌에서 음식을 만들거나 남편에게 커피를 가져다주거나 자식들에게 잔소리를 하거나 미용실에서 머리를 했다.

아빠들은 소파에서 신문을 보거나 회사에서 일을 하거나 친구들과 술을 마시며 고민을 말했다. 나는 이런 불평등이 옳지 않다고 생각했지만 밖에서 끊임없이 들어오는 이미지의 홍수를 완전히 막을 수는 없었다.

우선 여자는 예뻐야 한다는 것이 절대 의무인데 나는 예쁘지 않았고 언젠가부터 이마에 자주 출몰하는 여드름이 고민이었다.

너는 예쁘게 생기지는 않았는데 눈웃음을 쳐. 남자들 앞에서는 눈웃음치지 말아라. 여자는 헤프면 안 돼. 아빠는 내게 이렇게 말했다. 내가 그날 술만 안 마셨어도 너는 안 태어났어. 내가 술 마시고 만든 거야. 이런 말도 했다.

아빠는 갸름한 얼굴에 큰 눈을 가진 미남형이다. 텔레비전에 나오는 잘생긴 트로트 가수를 닮았다. 머리카락이 빠져 이마 위까지 훤한 것이 콤플렉스라서 오른쪽 옆머리를 길러 아침마다 빗으로 반대쪽으로 넘기고는 헤어스프레이를 뿌려 고정시킨다. 아빠에게 머리 정돈하는 일은 중요한 의식이다. 매일 아침 스프레이에서 나오는 꽃향기가 단칸방 전체에 퍼진다. 새엄마가 부엌에서 아침 식사를 준비하고 나와 동생이 상을 펴고 반찬을 나르고 수저를 놓는 동안 아빠는 자신의 머리를 고정하는 일에 열중한다. 늘 양복을 입어 다려놓은 흰색 와이셔츠가 없으면 아내에게 화를 냈다. 새엄마는 다른 일을 하다가도 다리미를 꺼내 와이셔츠를 다렸다.

나는 열 살이 되어서 자신을 가장이라고 부르는 어른 남자와 처음 살게 되었다. 이전까지 사람은 모두 평등하고, 도와야 할 때는 서로 돕고, 자기 일은 스스로 해야 하지만 만약 할 수 없을 때라면 대신 해주는 사람에게 고마워하거나 미안해해야 한다고 알고 있었다. 하지만 아빠의 행동은 정반대다. 돈을 벌어오는 사람도 엄마고 집안일을 하는 사람도 엄마다. 하지만 아빠는 고마워하지도 미안해하지도 않고 오히려 엄마에게 더 많은 일을 하도록 시킨다. 엄마의 태도도 이상하다. 식사할 때 아빠가 가장 먼저 수저를 들어야 하고 아빠의 질문에 바르게 대답해야 한다. 왜냐하면 그가 집안의 가장이니까. 가장의 말을 따르지 않으면 예의를 모르는 사람이 되니까. 하지만 예의라는 것을 왜 자신의 불행보다 중요하게 여기는지 이해할 수 없다. 아빠는 집안의 왕처럼 군림했다. 집이라기보다는 단칸방의 왕. 신하는 아내와 자식 두 명.

집 앞 반지하 방에 중학교 같은 반 여자아이가 살았다. 부모님은 같이 안 살고 그 아이만 살았는데 소문이 좋지 않았다. 학교에 다니지 않는 날라리 친구들이 몰려와 같이 부탄가스를 분다는 거다. 잔뜩 멋을 낸 아이들이 그 집으로 들어가는 것을 몇번 봤다. 그 여자아이는 어느 날부터 학교에 나오지 않았다. 나는 부모님 집에서 쫓겨나면 그 아이처럼 될 것만 같았다. 새엄마는 내 통금 시간을 6시로 정하고 그보다 늦으면 크게 혼을 냈다. 어느 날 새엄마가 늦게 퇴근할 줄 알고 집에 6시 넘어 들어갔는데 그녀가 집에 있었다. 문을 잠그고 나를 들여보내주지 않았다. 나는 대문 앞에서 울다가 바지에 오줌을 쌌다.

어느 날 아빠가 집에 황금색 상자를 가져왔다. 요즘 많이 팔린다며 상자를 열어 보여줬고 안에는 약병들이 있었다. 광고지에 버섯과 녹용 사진이 있고 만병통치라고 크게 적혀 있다. 심장병, 고혈압, 암, 관절염에 특효! 아빠는 자랑스럽게 말한다. "너네 아빠가 약장수라는 거 알았냐? 할머니들이 나를 제일 좋아해. 아빠가 무대에서 마이크 잡고 노래 부르면 다들 좋다고 박수 치고 오줌 싸고 난리지. 그러다 자기도 모르게 약을 사는 거야." 나는 약장수가 건강식품을 파는 사람, 약사와 비슷하지만 자격증이 없기 때문에 약은 못 팔고 약과 비슷한 성분인 건강식품을 파는 사람이라고 막연히 생각한다. 하지만 만병통치약이라니…… 이상하다.

아빠는 이틀에 한 번 술을 마시다가 이제 거의 매일 마신다. 약은 자신이 다 파는데 돈은 사장이 번다며 내 사업을 해야겠다고 말하더니 아내에게 사업 준비금을 달라고 한다. 도매상한테 건강식품을 사고 그 물건을 옮길 중고 자동차도 필요하단다. 단칸방에 살면서 차를 사겠다고? 아빠가 "내가 한 달에 2000만 원 가져다줄게!" 큰소리를 치면 새엄마는 2000만 원은 필요 없으니 한 달에 30만 원이라도 꼬박꼬박 가져오라고 말한다. 그래야 생활하는 데 계획을 세울 수 있단다. 아빠는 약장수를 하기 전 큰아빠네 봉제공장에서 일했는데 큰아빠와 싸우고는 봉제공장을 나왔다고 했다. 자신은 누구 아래서 일할 사람이 아니란다. 사업 자금이 필요하다며 아내가 돈을 줄 때까지 닦달하고 밤새 술주정을 한다. 새엄마는 몇 날 며칠 잠을 자지 못하다가 아빠에게 중고 자동차 살 돈을 줬다. 몇 달 후 중고차만 남기고 아빠의 사업, 아니 사기는 망했다. 그때쯤 나는 약장수들이 경찰에 잡혀가는 뉴스를 보고 아빠가 어떤 일을 하는지 알게 되었다. 자동차가 생긴 아빠는 가족들을 차에 태우고 어딘가로 놀러 가고 싶어했다. 음식 준비는 모두 새엄마의 일이다. 나와 동생도 가고 싶어하지 않으니까 가족을 위해서 놀러 가는 건 아니다. 자동차 기름이 떨어지면 새엄마에게 기름값을 달라고 한다. 나는 아빠가 수치스럽다. 사람으로 태어나서 저러면 안 되는 건데, 적어도 미안한 줄은 알아야 되는 건데. 내가 그런 사람의 딸이라 새엄마에게 미안하지만 그럴수록 그녀에게 말을 걸기가 어렵다. 아빠는 어느 날 음주운전을 해서 자동차 면허가 취소되었고 그러고도 몇 번 술을 마시고 운전하다가 사고로 차를 폐차시켰다.

5장

불가능해 보이는 꿈

미술 선생님이 경복궁에서 열리는 서울시 학생 사생대회에 데리고 갔다. 그림 잘 그린다고 소문난 여학생 한 명, 남학생 한 명과 같이였다. 나는 미술학원에 다녀본 적이 없어 따라가도 되는 걸까 고민했지만 난생처음인 경복궁에 가보고 싶었고 가면 뭐라도 그리겠지 하는 마음도 있었다. 어려서부터 집에서 그림을 자주 그렸다. 낮에는 대부분 밖에서 놀았지만 저녁이면 집에 돌아와야 했다. 저녁에 아빠가 집에 안 들어오면 새엄마는 아무 말도 안 해서 눈치가 보였고, 아빠가 술에 취해 들어오면 둘의 싸우는 소리에 불안했다. 엄마와 아빠가 서로를 공격하는 말은 화살이 되어 단칸방 안을 날아다니고 나는 흰 종이 속으로 도망친다. 흰 종이에 내가 갖고 싶은 것, 가고 싶은 곳, 좋아하는 사람 얼굴을 그린다. 학교 미술 시간에 늘 선생님께 칭찬을 들었고 미술상도 해마다 받았다.

경복궁에 여러 중학교에서 다른 교복을 입은 학생들이 모였다. 주제는 '봄'. 화려한 무늬의 기와와 초록 나무, 푸른 하늘을 수채 물감으로 그려야 한다. 나는 파란색 물감을 짜서 맑고 투명한 하늘색을 칠하는 방법, 초록색 물감을 짜서 나무와 수풀의 다양한 초록색을 만드는 방법을 모른다. 수채 물감에 익숙하지 않다. 주위를 둘러보니 다른 학생들은 벌써 색칠을 하고 있고 같이 간 친구 두 명도 붓으로 물과 물감을 섞어 종이 위에 쓱쓱 색을 칠한다. 아무것도 못 그리는 사람은 나 하나뿐이다. 이 자리를 벗어나고 싶다. 그러다가 그냥 그린다. 대회는 무슨 대회냐, 어차피 나 같은 거. 정말 그림에 재능 있다면 학원을 다니지 않아도 사생대회에서 우수상쯤은 받아야 하는 것 아닐까. 그런데 내 그림은 초등학교 1학년이 그린 것 같다.

3학년 2학기가 되자 미술 선생님이 교무실로 나를 불러서 말한다. "미희야, 너 예고에 가라. 그림도 잘 그리고 성적도 되니까 S예고에 넣어봐. 선생님이 추천서 써줄게." 나는 사생대회 나가서 상도 못 받았는데 갑자기 무슨 말씀이지? 며칠 전 아버지가 했던 말이 떠올랐다. 선생님이 나를 잘 모르시는구나. 나는 그럴 만한 애가 아닌데.

아버지는 학교에서 돌아온 나에게 다짜고짜 상고에 가라고 했다. "얼른 졸업하고 돈 벌어서 아빠한테 효도해라! 여자는 공부 잘하는 거 필요 없다." 나는 아버지가 매일 술을 먹어 정신이 나갔다고 생각했다. 돈을 벌어야 할 사람은 아버님이세요. 집에 누워만 있지 말고요. 이런 말은 당연히 하지 않았다. 아버지는 내게 들은 말을 그대로 새어머니에게 고자질했고 새어머니는 예의와 예절을 중시하는 분이라 내가 그런 말을 했다고 하면 혼을 내고 말을 안 하실 분이다. 아버지와의 대화(그걸 대화라고 할 수는 없지만)는 빨리 끝내는 것이 현명하다.

미술 선생님에게 우리 집이 가난해서 예고에 갈 수 없다고는 말 못 했다. 그림 그리기보다 공부를 하고 싶다고 말한 뒤 교무실을 나왔다. 하지만 나는 내가 뭘 하고 싶은지 모른다. 그냥 아무것도 하고 싶지 않다. 아버지가 술을 그만 마셨으면 좋겠고 돈을 조금 버는 일이라도 매일 출근을 했으면 좋겠다. 나에 대해서는 모르겠다. 며칠 뒤 저녁, 퇴근한 새어머니에게 고등학교 진학원서를 내밀었다. "엄마, 저 인문계 고등학교 가고 싶어요." 나도 모르게 엄마라는 단어를 강조해서 말했다. 우리 집에서 돈 벌어오는 사람은 어머니 한 명이고 나를 인문계 고등학교에 보내줄 수 있는 사람도 그녀다. 새어머니는 별다른 말 없이 인문계에 사인을 했다.

나는 국민학교 때부터 학교 성적이 좋았다. 내 보호자 중에 누구도 내게 공부하라고 말한 사람은 없다. 오히려 아버지는 공부를 하지 말라고 했다. "여자가 공부하는 거 다 필요 없다. 잘하면 잘난 척이나 하지. 너는 정도 너무 없고 애교도 없어. 여자는 애교 많은 게 최곤데. 너를 뭐에다 쓰니?"

나는 집에서는 아버지에게 쓸모없는 딸이지만 학교에 가면 잘 웃고 똑똑한 학생이다. 친구가 많은 건 아니지만 늘 나와 친해지고 싶어하는 친구가 몇 있다. 아침에 등교하면 자리에 앉아 잠시 멍하니 있는다. 집과 학교 사이의 간극. 집에서 있었던 괴로운 일, 부모님의 폭언을 잊어야 한다. 우울한 표정으로 있는 아이를 친구들은 좋아하지 않는다. 나는 웃는다. 웃으면 웃는 내가 진짜 나 같기도 하다. 인문계 고등학교를 졸업하고 대학에 가겠다는 꿈은 없지만 상업고등학교에 가서 목록을 정리하고 계산하는 방법을 배우고 싶지는 않았다. 사실 나는 상고에서 뭘 배우는지 정확히 모른다. 그저 집에 돈이 없어서 인문계 못 간다고 친구들에게 말하기 싫다.

내게는 현실을 외면하는 습관이 있다.

내일이면 가족들이 모두 뿔뿔이 흩어질지도 모르는데 어떻게 몇 년 후를 계획하지? 오늘을 살기에도 힘이 부친다. 열세살 때 갈색 알루미늄 문을 열면 부엌과 방이 연결되는 집으로 이사를 했다. 단칸방이었는데 부엌 위로 다락이 있어 난생처음 내 공간을 갖게 됐다. 누우면 머리와 발이 벽에 닿았고 양반다리를 하고 앉으면 정수리가 천장에 닿았다. 밤이면 전철이 지나는 소리와 지붕 위 쥐들이 신나게 뛰어다니는 소리가 들렸다. 그래도 혼자 잘 수 있어서 좋았다. 밤새 술주정하는 아버지와 같은 방에서 자야 하는 동생이 자꾸 조르는 날에는 다락을 양보했다.

밤에 다락에 누워 상상을 한다. 상상은 부모님의 싸움 소리를 차단한다. 스무 살이 되면 부자에 잘생긴 남자가 나타나 나에게 한눈에 반해 사랑을 고백하고 나를 자신의 하얀색 이층 저택으로 데려간다. 마당에는 커다란 개가 있고 거실에는 그랜드 피아노가 있고 방에는 푹신한 침대가 있고 그 남자는 술은 입에도 못 대고 소리를 지르지도 욕을 하지도 않는다. 이런 상상을 하게 된 건 친구가 학교에 하이틴 로맨스 책을 가져와 반 아이들과 돌려 읽기를 하고 나서부터다. 나는 수업 시간에 서랍에 그 작은 책을 넣고 흘끔흘끔 읽다가 나중에는 아예 고개를 푹 숙이고 읽는다. 교실에는 팔을 괴고 자는 학생도 많기 때문에 선생님에게 혼난 적은 없다. 하이틴 로맨스에서는 늘 돈 많고 잘생긴 남자가 등장해서 가난한 여주인공의 인생을 한 번에 구해준다. 내 상상의 다른 점은 로맨스가 아닌 인테리어가 주제라는 것이다. 내가 새롭게 살 집 가구의 위치와 커튼의 색깔, 식탁 위에 어떤 접시를 놓을지 고민하느라 로맨스에는 진전이 없다.

나의 미래, 어떤 고등학교에 가서 어떤 직업을 선택할지에 대해서는 고민하지 않는다. 그런 날은 나에게 오지 않을 것 같다. 나는 순간순간의 기분에 따라서 살고, 아버지의 바람인 상고에 가서 빨리 졸업하고 돈을 벌어 효도하는 일은 절대 하고 싶지 않다.

고등학교에 들어가고 방이 두 개 있는 반지하 집으로 이사를 했다. 대문을 열고 마당을 지나 계단을 내려가면 시멘트가 그대로 드러난 부엌이고 양쪽으로 방이 하나씩 있다. 동생은 한집에서 두 명이나 대학에 갈 수는 없다며 공업고등학교에 입학했다. 동생도 어려서부터 학교 성적이 좋았는데 나 때문에 대학을 포기할 줄은 몰랐다. 몰랐다는 것이 변명이 된다면.

동생은 버스비를 아끼려고 1시간 거리의 고등학교를 걸어서 다녔다. 방이 두 개라 나만 내 방을 갖고 동생은 부모님 방에서 잔다. 아버지는 언젠가부터 거의 밖에 나가지 않고 아침마다 공들이던 머리도 감지 않아 엉켜 있다. 방바닥에 소주병, 김치, 재떨이를 늘어놓고 허공의 누군가와 대화를 한다. 빈 소주병이 늘어난다. 조금 정신이 들면 빈 병을 아내 퇴근 전에 숨겨놓는다. 비디오 대여점에서 스물 몇 개짜리 무협 드라마 시리즈를 빌려와 밤새 틀어놓는다. 나는 일주일에 두 번은 동생과 잠자리를 바꿔서 부모님이 자는 방에서 잔다. 내가 먼저 태어났다고 방하나를 독차지할 권리가 있는 건 아닌 데다 일말의 양심은 있으니까. 아버지 방에 누워 있으면 아버지가 틀어놓은 텔레비전 화면의 번쩍거림 때문에 잠이 오지 않는다. 얇은 눈꺼풀은 빛을 막지 못한다. 새어머니는 고된 미싱 일이 피곤해서인지 얕게 코를 골며 주무신다. 나는 아버지가 보고 있는 무협 드라마를 본다. 얇은 신선 옷을 입은 남자가 주인공이다. 칼을 들고 안개로 뒤덮인 하늘을 날아 적과 싸운다. 가는 곳마다 새로운 여자가 등장해 사랑에 빠진다. 두 번째 남자 주인공이 등장한다. 역시 가는 곳마다 새로운 여자들이 나온다. 아버지는 왜 저런 걸 보고 있을까? 일도 하지 않고, 자신이 먹을 밥도 짓지 않고, 자신이 누운 자리도 청소하지 않으면서.

아버지가 밤새 비디오를 보는 날은 그래도 평온한 날이다. 술과 담배 살 돈이 떨어지거나 비디오를 빌려올 돈이 떨어지면 퇴근해서 돌아온 새어머니에게 시비를 건다. 새어머니는 그동안 참았던 분노를 터뜨리고 아버지는 소리를 지르고 욕을 한다. 나와 동생을 불러 무릎 꿇려 앉히고는 안동 김씨 가문에 대한 이야기와 자신의 아버지가 마흔다섯에 죽었다는 이야기를 되풀이한다. 나는 어머니가 이해되지 않는다. 왜 이 집에 있는 거지? 자기 친자식도 아닌데 왜 나와 동생을 먹이고 재우지? 어머니, 얼른 여기를 빠져나가요. 도망쳐요! 말하고 싶다. 하지만 그러면 나는 어떻게 하나? 고아나 마찬가지가 되겠지. 나는 새어머니에게 아무 말도 하지 못한다.

고등학교 2학년, 쉬는 시간에 은희가 우리 반 뒷문으로 와서 나를 부른다. "미희야, 이번에 새로 온 미술 선생님 있잖아. 그 선생님이 입시미술 가르쳐준대. 하고 싶은 사람은 학교 끝나고 미술실로 오래. 우리 같이 가자."

나랑 같이 특별활동으로 미술반을 하는 은희는 미대에 가고 싶다고 언젠가 말했다. 그 애 아버지는 일찍 돌아가셨고 어머니가 건물 청소 일을 하고 언니 세 명이 있다. 언니 둘이 대학을 다니고 있어서 어머니에게 입시미술학원비를 달라고 할 형편이 아니다. 나는 문제집도 간신히 사는 처지라 미대에 가고 싶다고 생각조차 해본 적이 없다.

수업이 끝나고 미술실로 갔다. 교실에는 대여섯 명의 학생이 있고 석고상들과 이젤 여러 개가 세워져 있다. 선생님은 선 긋기 연습부터 하고 미대에서 실기시험으로 보는 아그리파, 줄리앙, 비너스 석고상을 차례대로 그릴 계획이라고 한다. 가슴이 뛰고 설렌다. 나 같은 가난뱅이가 미대는 무슨. 그런데 이 패기 넘치는 젊은 남자 미술 선생님이 미술학원에 다니지 않아도 미대에 갈 수 있다고 하는 것이다.

학교 수업이 끝나고 일주일에 두 번, 두 시간씩 미술실에서 석고상을 그린다. 선생님은 나에게 재능이 있단다. 학교 성적이 괜찮으니까 장학금을 받고 대학에 갈 수도 있을 것 같다. 진짜로 입시미술학원에 다니는 아이들은 하루에 4시간씩 배운다는데 나처럼 조금 해도 되는 걸까 의심스럽기는 하지만 선생님을 믿어보자. 여름방학에는 미술실에서 친구들과 그림도 그리고 찰흙으로 거푸집을 만들어 석고상을 완성했다. 매일 미술실에 가고 싶다. 나에게 처음 꿈이 생겼다.

2학기가 시작되었다. 미술실 앞에 '입시미술반 수업 없습니다'라고 쓰인 종이가 붙고 문은 자물쇠로 잠겼다. 은희가 화나서 교무실에 갔더니 미술 선생님이 학원에 가라고 했단다. 나는 맥이 탁 풀렸다. 어른들은 다 그래! 처음에는 될 것처럼 말하지만 마지막에는 약속을 어기고 미안하다는 사과도 없다. 친어머니, 아버지, 미술 선생님 다 비슷한 인간들이다.

어쩌면 나는 미대에 꼭 가고 싶지 않았던 건지도 모른다.

고등학교 2학년이 되고 학교 근처 독서실에 등록했다. 새어머니에게 매달 독서실비 6만 원을 달라고 하기 미안하지만 아버지가 술에 절어 있는 집에는 있고 싶지 않다. 학교 끝나면 집에 가서 이른 저녁을 먹고 독서실로 가 밤 11시 50분까지 있다가 정확히 12시에 집에 들어간다. 처음으로 나에게 밤까지 자유가 생겼다.

독서실에는 친한 친구 네 명이 다닌다. 독서실 입구의 휴게실에 친구가 있으면 들어가서 놀고 없으면 내 자리에 와서 일기를 쓰고 영어 단어를 외우고 문제집을 푼다. 나는 미술 선생님 때문에 고등학교 졸업 이후를 상상하게 되었고, 미대는 못가지만 장학금을 받고 일반 대학에 갈 수 있다는 데까지 생각이 미쳤다. 하루에 3시간 이상은 공부를 해야 성적이 유지된다. 10시쯤 되면 친구들이 불러서 밖에 나가 동네를 돌고 독서실로 돌아온다. 돈이 있으면 은희와 노래방에 가서 노래를 실컷 부른다. 친구들과 술도 마시기 시작한다. 부모님이 집에 안 계신 친구네 가서 맥주를 마시고 남은 맥주로 머리를 감는다. 염색을 하려고 감는 건데 술 냄새만 진동하고 머리 색은 그대로다. 밤에 학교 운동장 구석에 가서 소주를 마시고 소주병은 담장 밑에 숨겨놓는다. 12시에 집에 들어가면 부모님 방문 앞에서 다녀왔습니다 인사를 하고 내 방으로 들어가기 때문에 부모님은 내가 술 마시는 것을 모른다. 아마도.

친구가 옆 동네 남자 고등학교와 하는 미팅에 가자고 한다. 커트 머리에 괄괄한 목소리, 평범한 얼굴인 나는 미팅에 나가봤자 인기가 없을 게 뻔하지만 술 마시며 놀고 싶어서 간다고 했다. 남학생 네 명, 여학생 다섯 명이 공원에서 만나 어슬렁거리다가 저녁 시간이 되어 근처 호프집에 갔다. 테이블 위에 처음 보는 신기한 물건이 있다. 커다란 맥주통에 수도꼭지가 달려서 돌리기만 하면 술이 콸콸 나온다. 나는 그 앞에 앉았다. 남자아이 몇 명이 은희에게 말을 건다. 그 옆의 한 명은 성미에게 말을 걸고. 나에게 말 거는 사람은 아무도 없지만 맥주가 있어 외롭지 않다. 나는 가난해서 술값이 없지만 이 남자애들은 돈을 가져왔겠지. 자신이 초라하게 느껴질 때 술에 취하면 초라한 마음이 사라진다. 취해서 미래에 대한 걱정, 아버지에 대한 미움, 새어머니에 대한 두려움이 사라진다. 친구들이 나를 좋아하는 것 같고 내가 멋진 사람이 된 것 같다. 영화 속 주인공처럼 담배를 피운다. 재미있네. 아버지도 이 맛에 매일 술을 먹나보다. 취해서 어떻게 술집에서 나왔는지 기억도 안 난다.

누군가 내 등을 두드린다. 눈을 떠보니 나는 독서실 책상에 엎드려 자고 있고 책상 위는 침이 흥건하며 뒤에서 내 등을 두드린 사람은 독서실 총무다. "학생! 학생 부모님 오셨어. 술 마시고 독서실에서 자면 안 되지. 얼른 일어나." 책상 위 시곗바늘이 가리키는 건 새벽 2시. 나는 침을 닦고 가방을 챙겨 최대한 안 비틀거리려고 애쓰며 걸어 나온다. 독서실 입구에서 새어머니와 아버지가 나를 노려보고 있다. 새어머니 특유의 그 표정. 네가 그러면 그렇지, 한심해하는 표정. 웬일로 아버지는 술을 안 드셨는지 맨정신이다. 아버지가 보통의 아버지처럼 내게 말한다. 너 술 마셨니? 나는 고개를 들어 그의 눈을 보며 대답한다.

"네, 근데요?"

아버지도 매일 마시잖아요? 하는 말은 덧붙이지 않는다. 나는 이전에도 술에 취한 아버지를 무시하고 대들기를 여러 번 했다. 아버지는 어차피 다음 날이면 잊으니까. 무서운 건 새어머니다. 새어머니는 아버지가 아무리 취해 있어도 자식이 아버지에게 대드는 건 못 참았다. 예의가 없다고, 아니 싸가지가 없다고 했다. 아버지가 손으로 내 머리통을 내려치려 하자 새어머니가 말린다. 둘은 말없이 독서실 밖으로 나가고 나도 따라간다.

아버지는 이튿날 술에 취해서 나를 무릎 꿇게 하고는 일장연설을 늘어놓는다. "여자는 공부 잘할 필요 없다. 공부한다고 독서실 가서 술이나 처마시고. 그럴 거면 독서실 때려치워! 집에서 엄마 도와 살림하다가 취직해." 네, 네. 나는 고개를 끄덕이며 얼른 이 시간이 끝나기만을 바란다.

새어머니는 딱 한마디를 한다. "네가 아빠한테 그렇게 눈 치켜뜨고 대드는 거에 놀랐다." 그 후로 새어머니는 나를 쳐다보지도 않고 말도 하지 않는다. 내가 인사를 해도 무시한다. 그러면서도 아침밥을 차려주고 점심 도시락을 싸주고 저녁 반찬을 냉장고에 채워 넣는다. 차라리 새어머니가 내게 소리 지르고 혼내기를, 다시는 내게 그러지 않겠다는 약속을 받고 침묵을 멈추기를 바랐다. 나는 집에 있으면 차갑고 답답한 공기에 질식할 것 같다. 학교 준비물 살 돈과 독서실비를 달라고 해야 하는데 언제 어떻게 말하지? 나는 새어머니와 나의 관계보다 필요한 돈을 어떻게 달라고 할지가 더 걱정이고 그런 자신이 부끄럽다. 나는 그녀에게 붙어사는 기생충이다.

나는 돈이 없다. 친구들이 분식집에 가자고 할 때, "배 안 고파. 아까 많이 먹었어. 너네끼리 가서 먹어"라고 웃으며 대답한다. 한두 번 친구들에게 얻어먹기도 하지만 먹으면서도 친구들 눈치를 본다. 나도 언젠가 한 번은 사야 할 텐데. 매번 얻어먹으면 평등한 친구 사이라고 할 수 없으니까. '그 애, 맨날 얻어먹고 다녀. 거지야.' 그런 소문이 돌지도 모른다. 떡볶이나 라면은 못 먹어도 그만이다. 친구들이 모두 분식집에 갈 때 거짓말을 해야 하는 상황이 싫다.

어머니는 한 달 후부터 내 인사를 받아주었다. 다시 한두 마
디 말을 한다.

6장

사랑과 자본주의

정민이는 학교 미술반 특별활동 시간에 처음 만났다. 만화를 좋아해서 뭐든지 만화처럼 그리는 재주가 있고 조금 엉뚱하다. 같은 독서실에 다녀서 우연히 휴게실에서 만나기도 했다. 어느 날 휴게실에 모여 수다를 떠는데 한 친구가 학교 옆 연탄공장이 없어져서 연탄 가루가 날리지 않아 좋다고 했다. 옆에 있던 정민이 말했다. "좋기만 한 건 아니야. 그 공장에서 일하는 사람이 많은데 공장이 없어지면 그 사람들은 일거리가 없어지는 거잖아. 그분들한테는 공장이 없어지는 게 나쁜 일이지." 나는 자기 생각밖에 할 줄 모르는 사람이지만 정민이는 특별한 눈을 가진 것 같다. 그때부터 독서실에 오면 그 애도 왔을까 궁금해지기 시작했다.

밤 9시쯤 독서실 출구 계단에 세워진 자판기에서 커피를 뽑고 있는데 정민이 다급한 표정으로 뛰어와서 나는 무슨 일 있냐고 물었다.

"수진이가 나를 찾는다고 해서. 너 혹시 은영이네 집 알아?" 정민은 심각한 표정이다.

"응, 한 번 가보기는 했어."

"거기서 애들이 술 마셨는데 수진이 혼자 취해서 일어서지도 못한대. 자꾸 나를 자꾸 찾는다고 나보고 오래."

"그럼 나도 같이 가자."

은영이네 집은 버스로 다섯 정거장이지만 버스를 기다리는 시간이 아까워 뛰었다. 왠지 재밌는 일이 생길 것 같다. 달리는 그 애와 나 사이로 밤바람이 분다. 나는 달리기를 좋아하지만 정민은 땀나서 싫다고 했던 것 같은데 뛰면서 흘끔 보니 이마의 땀을 닦고 있다. 우리는 뛰다가 숨이 차면 멈춰서 걷고, 걷다가 눈이 마주치면 또 뛰었다.

은영이네 도착하니 수진이가 술에 취해 쓰러져 울고 있다. 정민이 왔네, 우리 정민이가 왔어. 수진은 그 애를 향해 환하게 웃는다. 나도 정민을 바라본다. 그의 눈동자는 저 안쪽 뒤로 자꾸 자꾸 밀려나 그 안 어딘가에서 울고 있다. 왜지? 왜 저런 눈빛이지? 좋아하는구나! 한순간 느껴졌다. 방금 전 나와 같이 뛰었던 사람이 아닌 것 같다. 수진이 부럽다. 나는 한 번도 받아보지 못한 시선을 받고 있는 그 아이가.

그날 이후로 나는 어디에서건 정민을 찾는다. 학교 운동장에서, 매점에서, 독서실에서, 길거리에서. 우연히 마주칠 기회를 기다린다. 독서실에 도착하면 정민에게 편지를 쓴다. 한참을 쓰다가 아, 이건 보낼 수 없는 거구나 깨닫는다.

정민이 수진을 영원히 사랑하면 좋겠다. 영원한 사랑의 증거가 되어주면 좋겠다. 그 둘은 서로를 떠나지 않고 한 사람이 다른 사람을 버리지 않아야 한다.

며칠째 기침이 난다. 새어머니에게 약값을 달라고 할 수는 없다. 요즘 아버지는 계속 술을 마셔 아내를 못 자게 괴롭힌다. 새어머니는 잠을 거의 못 잔 채 출근을 한다. 우리가 살고 있는 반지하 방 두 칸의 월세를 내기 위해서, 쌀과 반찬을 사기 위해서, 남편의 소주값과 담배값, 의붓딸의 학비와 독서실비를 벌기 위해서 새어머니는 하루 종일 미싱을 밟는다. 차라리 내가 그녀의 친딸이라면 덜 미안할 것 같다. 그렇다면 열심히 공부해서 좋은 대학에 가고 취직해서 어머니를 호강시켜줘야지 결심할 수도 있을 것 같다. 하지만 나는 진짜 딸이 아니라서 열심히 공부하지도 않고 성인이 되면 바로 집에서 도망쳐야겠다는 생각만 한다.

독서실에서 기침을 하면 다른 사람에게 방해가 된다. 하지만 나는 독서실 외에 갈 곳이 없다. 책상 위에 달린 사물함을 여는데 그 안에 감기약과 쌍화탕이 든 흰 봉투가 있다. 누굴까? 설렌다. 약이 생겨서 좋은 것이 아니라 나를 생각해주는 누군가가 있다는 것이 좋다. 내가 아프지 않기를 바라는 사람이 있다니. 정민이라면 좋겠다. 아니, 그 아이가 아니어야 한다.

곧 수능시험을 보는데 이 상태로는 공부가 안 된다. 나는 문방구에 가서 파스텔톤 편지지를 샀다. 독서실에서 연습장에 쓴 편지를 편지지에 한 자 한 자 옮겨 적었다. 편지를 봉투에 담아 정민의 독서실 자리 사물함에 넣었다. 답장은 오지 않는다. 답장이 오지 않은 이유는 내가 편지를 제대로 쓰지 않았기 때문이라고 멋대로 생각한다. 나는 네가 나를 좋아해주길 바라는 것이 아니야. 나는 네가 수진이를 사랑하는 마음이 영원하기를 바라. 다만 내가 너를 좋아하는 걸 알아줬으면 해. 다시 편지를 쓴다. 역시 답장은 없다. 또다시 편지를 쓴다. 정민에게 나에 대해 설명하는 것이 좋겠다. 내가 얼마나 불쌍한 아이인지.

너에게

내가 너를 사랑하면서 왜 너의 사랑을 바라지 않느냐 하면 나는 영원한 사랑을 꿈꾸기 때문이야. 친어머니는 내가 어릴 적에 나를 떠났어. 돌아온다고 했지만 돌아오지 않았어. 삶이 너무 허무해. 약속을 어긴 친어머니를 생각하면 세상에는 영원한 것이 아무것도 없고 영원한 게 없다면 뭘 위해 공부하고 열심히 살아야 하는 건지 모르겠어. 너는 변하지 않는 영원한 사랑을 했으면 좋겠어. 세상에 영원한 것이 하나쯤은 있다는 걸 보여주면 좋겠어.

답장은 없었고 얼마 후 정민은 독서실을 옮겼다.
나를 이해시키기는커녕 도망치게 하는 편지는 그만 보내기로 결심한다. 하지만 편지를 쓰는 습관을 멈출 수 없다. 내 안이 텅 비어 있어서 무언가로 채우지 않으면 견디지 못할 것 같다. 두꺼운 검정 노트를 사서 그 안에 편지글을 적기 시작한다. 편지가 아니라 일기에 가깝지만 언제나 너에게, 로 첫 줄을 시작한다. 나는 망상의 세계에 빠져 현실을 외면한다. 고등학교를 졸업하면 나는 어떻게 될까? 현실을 외면하기 위해서 망상의 세계에 머무르는 건지도 모른다. 망상 속에서 나는 수진과 쌍둥이 자매다. 정민과 쌍둥이 자매는 영원히 사랑하고 서로를 아끼며 잠시도 떠나지 않는다. 함께 죽는다.

미쳤구나…….

동생은 학교 근처에 사는 친구네서 하루 이틀 자고 오더니 이제는 거의 집에 들어오지 않는다. 가끔 전화해서 잘 지내고 있다는 소식을 전하고 일주일에 한 번 집에 들러 밥 먹고 옷을 가져간다. 매일 비가 오던 날, 독서실에서 돌아오니 부엌과 내 방에 물이 차 있고 부모님이 물을 밖으로 퍼내고 있다. 다행히 비는 점점 잦아들었고 새벽에 새어머니는 봉제공장에도 물이 찼을 거라며 서둘러 나간다. 나는 잠을 좀더 자고 학교로 갔다. 무너질 듯 무너지지 않는 우리 집이 신기하다.

비가 또 오고 내 방바닥의 물기는 완전히 없어지지 않는다. 곰팡이가 핀다. 낮에 공사장에서 주워온 커다란 스티로폼을 바닥에 깔고 그 위에 요를 깔고 눕는다. 부모님 방에서는 절대 자고 싶지 않다. 곰팡이 냄새를 견디는 것이 아버지의 술주정을 견디는 것보다 쉽다. 집을 빨리 나가고 싶지만 방법을 모른다.

대학 수능시험을 보고 가채점을 했다. 담임 선생님이 학생들에게 차례대로 교무실 입시상담실로 오라고 한다. 나는 어떤 대학을 나와 어떤 직업을 갖고 싶은지 생각해본 적이 없다. 누구와 진지하게 미래에 대해 이야기해본 적이 없고 무얼 하고 싶다는 의지도 없다. 대학에 합격해도 등록금을 낼 수 있는 형편이 안 되니까 무조건 장학금을 받을 수 있는 대학에 가야 한다고 말할까? 하지만 우리 집이 가난하다는 말은 너무 하기 싫다. 내가 아는 어른의 직업은 미싱사, 재단사, 슈퍼 주인, 선생님, 약사뿐이다. 내가 사는 골목에서 멀리 벗어나는 꿈은 꾸지 못한다.

나는 사랑 외에는 아무 생각이 없다. 내 장래 희망은 사랑받는 사람이다.

내 차례가 되어 교무실 제일 안쪽 입시상담실로 갔다. 선생님이 내게 어느 과에 가고 싶은지 물었다.

"음…… 제가 국어를 좋아하니까 국문과나 영문과 가고 싶어요. 아니면 호텔경영학과요." 호텔경영학과에 가면 뭘 배우는지는 모르지만 여행은 많이 할 것 같다. 그러면 집을 떠날 수 있겠지.

선생님은 내 성적표를 보더니 성적이 잘 나왔다며 S여대에 넣자고 했다. 거기가 이름 있으니까. 영문과는 점수가 안 될 거 같고, 불문과 어때? 영어랑 불어랑 비슷해. 그리고 K대학은 국문과, 마지막은 안전하게 I대 호텔경영학과를 넣자고 한다. 우리 학교는 제2외국어가 불어지만 내 불어 성적은 답을 찍어서 나오는 점수다. 하지만 선생님이 하자는 대로 한다. 어디를 넣든 상관없다. 교무실을 나오려는데 미술 선생님과 마주쳤다. "미희야, 너 어느 미대 넣었니?" "저 미대 아니라 일반 대학 넣었어요. 안녕히 계세요." 서둘러 교무실을 나왔다. 내가 학원비 없어서 미술학원 못 다닌다고 말했는데 기억도 못 하면서 관심 있는 척하기는. 나는 바라는 것이 없어 아무렇지 않은 줄 알았는데 눈물이 조금 났다.

S여대에 합격했다. 우리 학교는 서울 변두리에 있고 학구열이 높지 않아 이름 있는 대학에 가는 학생이 적었다. 선생님이 내게 축하한다며 환하게 웃는다. 그게 그렇게 좋은 일인가? 나는 무조건 장학금을 주는 대학에 가려고 했는데 마음을 바꿨다. 닥치면 어떻게든 되겠지. 합격통지서와 대학 등록금 고지서를 새어머니에게 내밀었다. 가고 싶다는 말도 가지 않겠다는 말도 하지 않았다. 등록 마지막 날 새어머니는 등록금이 담긴 두툼한 흰 봉투를 내게 주었다. "축하한다." 새어머니의 목소리가 조금 떨린다. 그녀는 돈을 어디서 구해왔을까? 자신이 낳은 딸도 아니고 원수 같은 남편의 딸에게 왜 돈을 주는 걸까? 초등학교 3학년 이후로 학교에서 성적표를 받아 새어머니에게 드리면 잘했네, 그 한마디뿐이었다. 성적이 떨어졌을 때는 아무 말이 없었다.

몇 년 전 이사 준비를 하다가 옷장 서랍에서 새어머니 고등학교 졸업 앨범이 나왔다. 앨범에서 새어머니 이름을 찾았다. 그녀는 흰색 칼라의 남색 교복을 입고 나무 아래서 친구들과 환하게 웃고 있었다. 옆에서 새어머니가 희미하게 웃으며 말했다. "나 이때 학생회장이었어. 공부도 잘했는데."

수능시험이 끝나고 대학 입학식 날까지 카페에서 아르바이트를 했다. 모은 돈으로 몇 달 용돈은 되겠지. 대학에 입학해서 첫 불어 수업 시간에 강의실에 앉아 다른 학생들을 둘러봤다. 모두 밝은 표정으로, 나처럼 강의실에 앉아 2학기 등록금을 걱정하는 학생은 없어 보인다. 다음은 영어 회화 시간. 책상마다 있는 헤드셋을 썼다. 영어가 흘러나온다. 다른 학생들은 모두 웃는데 나는 무슨 뜻인지 몰라 한 박자 늦게 웃는 척을 한다. 유창하게 영어로 발표하는 학생들도 있다. 선생님이 교과서와 사전, 영어 회화 테이프를 사라고 한다. 나는 나와 비슷한 저렴한 옷을 입은 학생 둘을 발견하고 그 둘도 나를 알아본다. 학교 식당에서 같이 점심을 먹고 노래방에 가자고 해서 따라갔다. 노래방비가 아깝긴 하지만 친구는 있어야 하니까. 노래를 부르면서 저 두 친구도 나처럼 다음 등록금을 걱정할까, 영어회화 테이프는 값이 얼마일까, 생각했다. 새어머니에게 또 돈을 달라고 할 수는 없다.

학교를 다니면서 카페와 식당 앞에 붙은 아르바이트 구함 공고를 유심히 살펴본다. 보통 저녁 6시부터 11시까지가 많은데 그 시간에 서빙을 하면 대학 공부는 언제 하지, 놀 시간은 전혀 없는 건가? 서빙 일로 다음 학기 등록금과 용돈을 벌 수 있을까 계산해봐도 답이 나오지 않았다. 전봇대에 '아르바이트 구함, 대학생 환영, 시간대 조절 가능, 한 달 100만 원 보장'이라고 적힌 종이가 붙어 있어 전화번호를 수첩에 베껴 적었다. 내가 바라는 조건의 아르바이트다. 공중전화로 가서 전화를 하고 사무실에 찾아갔다. 남자 직원이 내게 할 일을 설명한다. "영어 테이프를 파는 일이야. 아주 쉬워. 어떤 내용인지 알아야 하니까 학생이 먼저 한 세트 사고, 그다음에 팔면 돼. 학생은 친구들한테 팔면 되겠네." 원하는 시간에 일할 수 있는 고수익 아르바이트다. 가능하기만 하다면 말이지. 그때 아버지가 어릴 적 집에 가져온 건강식품과 전기장판, 이불이 떠올랐다. 약장수랑 비슷한 거잖아. 이건 돈을 버는 아르바이트가 아니라 쓰는 아르바이트다. 잠시 설렜던 내가 바보지. 욕심은 사람의 눈을 멀게 한다. 아버지가 나에게 반면교사로 가르쳐준 것.

서빙 아르바이트를 구하려고 집에서 멀지 않은 대학가로 갔다. 낮부터 거리를 돌면서 벽에 붙은 전단지가 없나 두리번거렸는데 못 찾다가 밤이 되어 술집 앞에 붙은 걸 발견했다. 정확히 무슨 일을 하는지는 모르겠다. 아르바이트를 뽑는 지하 술집에 들어갔더니 사장이 광고 전단지 한 묶음을 줬다. "이거 요 앞 신호등 있는 데서 사람들한테 나눠주는 일이야. 네가 한 테이블 데려올 때마다 만 원씩 받는 거니까 너는 하루에 세 테이블만 데려와도 한 달에 거의 백은 벌 수 있어. 퇴근 시간은 너 하기 나름이고. 가봐라." 나는 전단지를 들고 큰 사거리로 갔다. 누구에게 전단지를 주면 나를 따라 술집에 올까? 사람들을 유심히 살펴봤다. 대학가 앞이라 학생이 많다. 지나가는 사람들은 모두 행복하고 나는 투명인간 같다. 전단지를 주려고 손을 내밀어도 아무도 받지 않는다. 몇 시간을 그렇게 서 있다가 전단지 뭉치를 술집 앞에 놓고 도망쳤다.

정민은 대학에 잘 다니고 있을까? 보고 싶다. 그 애 집 앞에 가서 기다릴까?

대학에 입학한 지 2주째 월요일 아침, 학교에 가려고 지하철 역을 향해 가는 길에 봄비가 부슬부슬 내리기 시작했다. 옷이 젖은 상태로 지하철을 타기는 싫어 우산을 가지러 집으로 뛰었다. 빗줄기가 거세진다. 어차피 젖을 거, 뭐하러 뛰어. 학교는 이미 지각이다. 학교에 가고 싶지도 않다. 나는 비를 맞으며 천천히 걷는다. 학교에 가도 등록금 걱정하고 아르바이트 자리를 찾으러 돌아다녀야 하는데 대학이 나에게 그만큼 중요한 곳일까? 대학에 다니는 동안 아르바이트를 하면서 돈을 벌어야 한다는 건 앞으로 정해진 일이다. 대학을 다닌다면 집에서 독립할 수 없다. 그걸 이제야 따져보다니. 나는 정말 바보다. 자취집 보증금도 없을뿐더러 하루 종일 아르바이트를 해도 등록금과 월세, 식비, 용돈을 감당할 수 없다. 대학과 독립 중 하나를 포기해야 하고 미래를 위해서는 대학을 선택하는 것이 옳아 보인다. 빗속을 걸으면서 젖지 않기를 바라는 건 멍청한 일이다. 어차피 아르바이트를 해야 한다면 하고 싶은 공부를 하면서 일하고 싶다. 비에 흠뻑 젖어도 가고 싶은 길을 걸으며 젖고 싶다. 모험 속으로 들어가자.

나는 여전히 정민에게 보내지도 못할 편지를 쓰고 있는데 이제 그만 편지 쓰기를 멈춰야 한다. 내가 그 애 말고 다른 뭔가에 집중했던 때가 언제더라? 그래, 그림이 있었지. 친구 말로는 입시미술학원비가 한 달에 40만 원이란다. 다음 해 입시 전까지 열 달이 남았고 400만 원이 든다. 나는 기대도 못 했는데 새어머니가 대학 입학금을 주셨으니 학원비도 주실지 모른다. 안 된다면 할 수 없고. 말이라도 꺼내보자.

일요일 오전, 방에서 부모님이 텔레비전을 본다. 나는 안방에 들어가 무릎 꿇고 할 얘기가 있다고 했다. 새어머니가 텔레비전을 껐다.

"저 미대 가고 싶어요. 지금 다니는 대학은 수업도 재미없고 그림 그리고 싶어요." 며칠을 머릿속으로 연습한 말을 꺼낸다. 목소리가 떨린다. 잠시 침묵이 흐르고 새어머니가 입을 연다.

"그래, 네가 어려서부터 그림을 좋아하긴 했지. 하고 싶으면 해야지. 진작 말할 것이지 등록금만 날렸잖아. 미술학원비가 얼만데?"

나는 새어머니가 이렇게 쉽게 허락할 줄은 상상도 못 했다. 어머니는 나를 미워했던 게 아니었나? 원수 같은 남편의 딸이잖아. 나는 친구 오빠가 홍대 앞에 있는 미술학원 부원장이라 5만 원을 깎아서 40만 원에 다닐 수 있다고 했다.

"알았다. 등록해. 엄마가 돈은 어떻게든 구할 테니까."

아버지가 옆에서 무슨 말을 하려 했지만 나는 방을 나왔다. 불가능해 보였던 일이 일어났다.

입시미술학원을 4월부터 다니기 시작해 이듬해 1월까지 열 달을 다녔다. 한 달에 40만 원 해서 400만 원을 예상했는데 여름방학에는 두 타임 80만 원, 겨울방학에는 세 타임 120만 원이 들어서 모두 520만 원이 들었다. 낮에는 집에서 일기를 쓰고 수능문제집을 푼 뒤 멍하니 누워 있다가 이른 저녁을 먹고 4시 반에 집을 나왔다. 지하철을 타고 홍대 앞에 가면 5시 반. 6시에 학원 수업을 시작해서 10시에 끝나 다시 지하철을 타고 집에 돌아왔다. 한번은 밤에 정민의 집 앞에 찾아가 그를 만났다. 마지막으로 딱 한 번만 안아달라고 부탁했다. 그의 품은 따뜻했다. 나는 여전히 외롭고 슬프고 서럽지만 그 아이 때문이 아니라는 걸 안다. 나는 서서히 그를 잊었다.

입학 원서를 쓰기 전 학원 원장님과 상담을 했다. 원장님은 회화 전공을 하면 졸업하고도 취직이 어려우니 시각디자인과에 넣자고 했다. 나는 시각디자인이 뭔지는 정확히 모르지만 그림과 관련된 일이라 생각하고 그러겠다고 했다. 수능시험과 실기시험을 보고 K대 조형대학에 합격했다. 장학금을 받으며 다닐 수 있는 대학도 합격했을 것 같은데 확인하진 않았다. 가능하다면 더 알려진 대학에 가고 싶었다. 욕심이 생긴 것이다. 이번 딱 한 번만 두꺼운 낯짝이 되자. 나는 또 한 번 새어머니에게 합격증과 등록금 고지서를 내밀었다. "이번만 해주시면 다음부터는 제가 할게요."

"요즘 공장 월급이 밀려 있어서…… 어떻게든 구해볼게. 기다려봐." 새어머니는 잠시 멈췄다 말을 이었다.

"나는 네가 잘할 줄 알았다."

나는 새어머니가 나를 믿고 있었다는 사실에 놀랐다. 어머니로서의 의무를 다하려고 학원비를 줬다고 생각했는데 나를 믿고 있었다니. 나는 나 자신만 생각하기에 바빠서 새어머니가 어떤 생각과 감정을 갖고 있는지에 대해서는 전혀 몰랐다. 나는 어머니를 너무 많이 오해해왔고 그 오해를 풀어볼 시도조차 한 적이 없다.

새어머니가 일하는 봉제공장 사장인 큰아버지는 월급을 주지 않았고 등록 마감일이 다가올수록 나는 초조해졌다. 새어머니는 큰아버지가 자기 자식 대학 등록금만 냈다면서 화를 냈다. 등록 마감일 은행 마감 시간 직전에 그녀가 돈을 구해왔다. 친구에게 빌렸다고 했다. 나는 돈을 들고 은행으로 달려가서 아슬아슬하게 등록금을 냈다.

대학 입학 전까지 낮에는 종로에 있는 카페에서 서빙을 하고 저녁에는 집 근처 호프집에서 서빙을 했다. 꼭 끼는 신발을 너무 오래 신고 있어서 발에 염증이 생기고 퉁퉁 부었다. 동네 병원에 갔더니 봉와직염이라면서 영양분이 부족하면 생기는 병이라고 했다. 항생제를 처방받아 먹고 절뚝거리며 아르바이트를 하다가 대학에 입학했다.

어느 날 미술학원에서 집에 오니 아버지가 집 안의 물건들을 모두 부수고 있었다. 아버지는 자기를 말리는 어머니의 따귀를 때리고 몸을 벽으로 밀쳤다. 술에 취해 휘청거렸다. 마침 동생이 집에 있어 아버지 팔을 잡고 말렸다. 아버지는 소리지르며 부엌으로 가서 식칼을 들고 부엌 유리창을 부쳤다. 손에서 피가 흘렀다. 동생이 아버지한테서 칼을 뺏으려는 것을 내가 말렸다. "너는 나가 있어. 그러다 다쳐." 나는 아버지에게 그 칼 내려놔라, 그러지 않으면 경찰에 신고하겠다고 소리쳤다. 아버지는 "할 수 있으면 신고해봐!"라고 했고 나는 아버지 팔을 잡아끌어 동네 파출소에 데려갔다. 아버지는 "딸이 나를 감방에 넣으려고 하네" 하며 웃었다. 파출소에서는 피해자인 어머니가 직접 신고하지 않아서 아버지를 유치장에 넣을 수 없다는 말만 했다. 나는 경찰을 데리고 집에 왔지만 어머니는 아버지에게 맞은 적이 없다고 말했고 경찰은 되돌아갔다. 아버지는 부서진 살림 사이에서 웅크린 채 잠들었고 아침이 되자 새어머니는 공장으로 출근했다.

아버지가 마신 술이 서서히 아버지를 잡아먹었다. 그는 예전의 그가 아니다. 진한 갈색이던 눈동자가 회색으로 변하고 미치광이가 되어갔다. 어느 날엔가 쥐덫에 걸린 쥐를 태워 죽였다고 나에게 자랑스럽게 말했다. 새어머니가 데려와서 애지중지 키우는 작은 강아지를 데리고 나가서 보신탕을 해 먹고 남은 뼈를 검은 봉지에 담아 가족에게 보여주며 웃었다. 아버지는 공장에서 밤늦게 퇴근한 아내에게 술 사 먹을 돈을 달라고 했고, 주지 않으면 밤새 소리를 질러 잠을 못 자게 한 뒤 결국 돈을 받아냈다. 그녀가 부엌에 있는 사이 그녀의 지갑을 뒤져 술을 사와 마셨다. 술에서 깨어 있는 시간이 없었다. 어머니에게 우리 집은 지옥이고 나는 그녀의 발목을 묶은 쇠고랑이다.

새로 들어간 대학 첫 수업 때 자신이 원하는 동물을 정밀 묘사해서 캐릭터로 바꾸고 그걸 로고로 만드는 과제가 주어졌다. 나는 박쥐를 그렸는데 과 동기들의 그림과 비교하니 너무나 못 그렸다. 조금의 수준 차이가 아니라 하늘과 땅만큼의 차이였다. 학교에서는 다른 친구들에게 내 그림을 보이고 싶지 않아 안 그렸고, 밖을 돌다가 밤늦게 들어가다보니 집에서는 그림 그릴 시간이 없었다. 미대에 가려고 그렇게 애를 썼던 건 단지 다니던 대학을 그만두려는 핑계가 아니었을까. 그즈음 나는 새로운 재미를 알게 되었다. 바로 술 마시는 재미. 캠퍼스에는 거의 매일 술자리가 있다. 우리 과는 남자가 여자에 비해 두 배 많았고 1차는 돈을 걷었지만 2차부터는 선배들이 거의 술값을 냈다. 고등학생 때까지는 나이와 돈 때문에 원하는 만큼 마시지 못했지만 대학생이 되니 마음껏 마실 수 있다.

친구 은희가 자기 애인이 홍대에서 록밴드 보컬로 공연하는데 같이 가자 해서 따라갔다. 은희의 애인은 고등학교 동창이라 전부터 여러 번 같이 술을 마셨다. 나는 태어나서 록밴드 공연이라는 걸 처음 본 데다 술집을 겸한 공연장의 자유로운 분위기에 취해 빠져들었다. 공연이 끝나고 밴드 멤버들과 술을 마셨다. 거기서 서원을 처음 만났다. 그는 키가 크고 멋대로 뻗쳐 있는 장발에 낡은 먹색 티셔츠를 입고 있다. 금요일 밤이면 홍대에서 밴드 공연을 보고 술을 마신다. 술을 마시다 서원을 보면 그도 나를 보고 있지만 서로 보지 않은 척 고개를 돌린다. 술집 복도에서 마주친 보컬이 "야, 서원이 너 좋아한대" 하고는 웃으며 지나간다. 뭐, 나를 좋아한다고? 나는 어릴 때부터 늘 커트 머리였다가 입시미술학원에 다니면서 미용실에 갈 돈이 없어서 머리를 길렀다. 커트 머리일 때는 어떤 남자도 거들떠보지 않았는데 긴 머리가 되고부터 호감을 보이는 남자가 하나둘 나타났다. 오랜 시간 누군가 나를 좋아해주길 바랐는데 그냥 머리만 기르면 되는 일이었다니 우습다.

서원이 먼저 고백하기를 기다렸지만 고백이 없어 답답했다. 보컬이 거짓말한 것이라고 하기에는 서원과 너무 자주 눈이 마주쳤고 그는 내게 유난히 친절하다. 술집 입구에서 담배를 피우고 있을 때 서원도 옆에 와 담배에 불을 붙였다. 둘뿐이다. 내가 그에게 말했다. "나 너 좋아해. 너도 나 좋아하는 거 아니야?" 그는 나를 보고 나도 너 좋아, 그랬다. 내가 먼저 말하려고 했는데 네가 했네.

우리는 다시 술집으로 들어가지 않고 홍대에서 신촌 방향으로 손을 잡고 걸었다. 조명으로 번쩍이는 거리를 지나자 사람이 없는 골목이 나왔다. 잠시 쉬자며 난간에 기대어 섰는데 난간 뒤로는 낭떠러지다. 우리는 눈이 마주쳤고 이번에는 눈길을 피하지 않는다. 그가 내게 키스한다. 나를 감싼다. 나는 그와 한 몸이 된 것 같기도 하고 내 몸에서 이탈해 키스를 하는 둘을 보고 있는 듯도 하다. 죽고 싶다. 이렇게 행복한 상태로 죽으면 영원히 행복한 거니까. 하지만 죽으면 키스를 못 하잖아? 키스를 또 하고 싶어 나는 죽지 않는다. 우리는 다시 걸었다. 사람이 많은 곳에서는 이야기를 하며 걷고 사람이 없는 곳이면 멈춰서 키스를 한다.

우리는 한 달 동안 거의 매일 만났다. 목적지 없이 걷거나 공원에 간다. 한낮의 공원에는 사람이 거의 없다. 장난치며 걷다가 햇볕이 환한 벤치에 앉자 그가 내 무릎을 베고 눕는다. 오래 눅눅했던 마음속 깊은 곳까지 빛이 들어온다. 카페나 비싼 레스토랑은 가지 않는다. 나는 입학 전에 아르바이트로 벌었던 돈을 조금씩 쓰던 상황이라 아껴야 했고, 그가 돈을 많이 쓰면 나 역시 그의 반이라도 써야 하니까 돈이 많이 드는 곳은 안 가고 싶다고 했다. 그에게 부모님이 이혼하셨다는 이야기는 했지만 얼마나 가난한지와 반미치광이 아버지에 대해서는 말하지 않았다.

사흘에 한 번은 친구들과 어울려서 술을 마신다. 나는 술이 좋다. 서원도 술을 좋아하지만 나처럼 정신 놓고 마시지는 않는다. 늘 내가 먼저 취해서 그가 취한 모습은 본 적이 없다. 나는 술 먹은 걸 토하고는 또 마신다. 기억이 나지 않을 때까지 마신다. 술을 마시면 개가 되고 개 같은 상태가 좋다. 멍멍. 개가 되면 나에 대해서 내 부모에 대해서 생각하지 않을 수 있다.

열여덟 살 때부터 술을 마셨다. 학교 운동장, 소주방, 호프집에서. 친구네 집에서도 마시고 독서실 옥상에서도 마셨다. 아버지가 술에 취해 주무실 때 아버지 담배를 훔쳐서 피우기 시작했다. 소소한 복수다. 그 담배 역시 어머니 돈으로 산 거긴 하지만. 술에 잔뜩 취하면 알코올중독 아버지와 냉담한 새어머니와 가난을 잊을 수 있다. 친구들과 술을 마시다가 나는 어딘가로 사라졌는데 나도 내가 어떤 행동을 했는지 기억하지 못했다.

그러니까 서원과의 그날 밤 일은 단지 술 때문이었을까? 아니, 일어나야 할 일이 술기운을 빌려 조금 일찍 일어난 것뿐일까?

　친구들과 호프집에서 술을 마셨다. 취하고 어지러워져 바람을 쐬러 밖으로 나왔다. 서원이 옆에 있다. 친구가 우리에게 둘이 또 없어지지 마라, 웃으면서 말하고 지나간다. 우리는 손을 잡고 어두운 골목을 걷는다. 산 아래 주택가 공터에 낡은 검정 소파가 버려져 있다. 거기 앉아 키스를 하고 서로를 안는다. 몸이 소파 깊숙이 파묻힌다. 심장이 뛰고 몸이 뜨거워진다. 그러곤 기억나지 않는다. 정신이 들었는데 그가 내 몸 위에 있었다. 그의 몸 일부가 내게 들어와 내 살을 찢는다. 뭐지? 나는 혼란스럽고 통증을 느낀다. "아파!" 그는 멈칫거리지만 내 몸에서 내려오지 않는다. 내가 거부하면 그가 나를 떠날 것 같다. 더 이상 나를 좋아하지 않을 것 같다. 나는 고통을 참는다. 그가 내 몸에서 내려와 말한다. "너 처음이구나. 몰랐어. 미안해." 그러고는 다시 기억나지 않는다.

　어느새 나는 지하철 안 기둥에 몸을 기대고 서 있다. 머리가 깨질 듯 아픈데 옆에 있던 모르는 남자가 괜찮냐고 물어서 그제야 내 모습을 살핀다. 청바지는 얼룩져 있고 티셔츠 옆이 말려 옆구리 살이 나와 있다. 이런 상태로 지하철을 탔단 말이야? 나는 서둘러 티셔츠를 내리고 바지를 턴다. 나의 지저분한 모습을 본 사람이 또 있나 주위를 둘러본다. 그런데 어떻게 지하철을 탔지? 서원과는 언제 헤어졌지? 기억나지 않지만 통증이 남아 꿈이 아니라는 걸 알려준다.

이튿날은 친구 두 명과 명동에 옷 구경을 가기로 약속한 날이었다. 명동에는 사람이 많고 친구들이 옷, 화장품, 가방, 연예인 이야기를 하는데 내게 그 이야기는 들리지 않는다. 내 머리는 다른 계산을 하느라 바쁘다. 지난달 생리를 언제 했더라? 맞아 17일. 그러면 이번 달 생리 예정일은 19일쯤. 배란일 계산하는 방법을 예전에 학교에서 배웠는데 기억나지 않아 친구들에게 슬쩍 물어봤다. 친구가 갑자기 왜? 하고 되물어서, 그냥, 나중에 혹시 모르니까, 대답했다. 친구가 알려준 대로 계산해보면 어제가 배란기 같다. 이런 망할. 매달 일주일씩이나 임신 가능한 기간이라니. 혹시 임신이면 어떻게 하지? 수술해야 하나? 수술은 어떻게 하지? 서원에게 말하면 어떤 반응을 보일까? 그런데 그는 왜 처음인 줄 몰라서 미안하다고 했을까?

이틀 후 서원을 만났다. 그는 내게 이전 날 잘 들어갔는지 묻지 않는다. 그는 달라진 게 없어 보인다. 나는 배란기였다는 말은 하지 않는다. 배란기를 계산하지 않고 술을 많이 마셔서 정신을 잃은 내 잘못이다. 그에게 내 걱정을 말했다가는 마음이 식어서 나를 떠날 것이다. 그 후로도 안전하지 않은 곳에서 몇 번의 섹스를 더 했다. 하고 싶지 않을 때도 있고 하고 싶을 때도 있지만 그가 하자는 대로 한다. 한번은 임신이 될지도 몰라 걱정된다고 말하니 그는 사정 직전에 빼면 괜찮다고 했다. 네가 그걸 어떻게 알아? 묻고 싶었지만 묻지 않았다. 나는 피임약을 먹을 생각도 못 했다. 피임약을 먹으면 매일 약 먹을 때마다 섹스를 하기 위한 몸이 되는 것 같다. 약국에 가서 피임약을 달라고 할 자신도 없다. 안에 사정하지 않으면 괜찮다는 그의 말을 믿고 싶다. 나는 아주 등신이다. 그는 나와 섹스를 하고 싶은 날이면 내게 더 잘해주고 사랑한다고 말한다. 나를 원한다. 정확히는 내 몸을 원하는 것이지만 내 몸이 나잖아. 내게 몸 말고 다른 것이 있나.

다행히 그달에 생리를 했다. 하지만 그다음 달에는 생리 시작일에 아무 기미가 없다. 이틀, 사흘, 나흘…… 초조해졌다. 비디오방에서 그가 내게 키스하려 할 때 말했다.

　─나 임신일지도 몰라. 생리를 안 해.
　─진짜야?
　─응. 어떡하지?
　그는 한참 멍하니 있다가 입을 열었다.
　─우리 술집에 가서 얘기 좀 하자.
　─그래.
　─너 혹시 돈 가진 거 있니? 나 아까 비디오방 비용 내느라 남은 돈이 없어.
　─나도 없는데……
　─잔돈은 있어? 목 말라서.
　─잔돈도 없어.

　그랬다. 나는 돈이 없다. 돈도 없는 주제에 연애를 하고 다녔다. 너도 그렇게 생각하겠지, 거지 주제에 밝힌다고. 우리는 비디오방 앞에서 안녕, 하고 헤어졌다. 나는 근처 지하철역으로 들어갔다. 아까부터 목이 말라 식수대를 찾았지만 없다. 지하철을 기다리다 반대편에 서 있는 그를 보았다. 그는 캔음료를 마시고 있었고 나는 목이 더 마르고 비참하다.

그 후로 그는 연락이 없다. 다행히 생리를 시작했는데, 문제는 내가 아직도 그를 보고 싶어한다는 것이다. 그가 나를 안고 위로해주기를 바란다. 온통 그에 대한 생각뿐이라 머리가 아프다. 그의 집으로 전화를 걸자 그가 받았다. 그의 목소리는 차가웠고, 나는 이대로 끝낼 수는 없다고, 네 집 앞으로 갈 테니 한 번만 만나달라고 애원했다. 그는 지금 연습실에 갈 거라서 만날 수 없다고 했다.

"기다릴 거야." 내가 말했다.

"못 나간다고!" 그가 목소리를 높였다.

그의 집 앞 공원에 가서 밤이 될 때까지 기다렸다. 그는 오지 않았다.

끝이라고 생각했다. 영원한 건 없으니까 어차피 헤어질 사이라면 빨리 헤어지는 게 낫다. 서로 사랑해서 결혼했지만 부모님도 이혼하고 나를 사랑해야 마땅한 친어머니도 떠났다. 하물며 그는 우연히 만난 사람일 뿐이다. 언젠가 끝날 날이 조금 빨리 왔을 뿐이다. 나는 이전에 나에게 만나고 싶다고 말한 다른 남자에게 전화를 걸었다. 그와 만나서 밥을 먹고 공원을 걸었다. 이 남자와 있는 모습을 서원에게 보여주고 싶다. 머리로는 이해되는 이별이 감정으로는 받아들여지지 않는다. 그는 나를 사랑하긴 했던 걸까? 학교 수업 시간에 교수님 목소리가 들리지 않고 친구들과 있을 때도 아무 소리도 들리지 않는다. 길에서 혹시 그와 마주치지 않을까 싶어 두리번거린다. 자주 머리가 아프다. 술을 마시고 아무하고나 안고 키스를 한다. 섹스는 하지 않는다. 여전히 피임약은 먹기 싫고 임신은 겁나니까.

서원이 다른 여자와 손잡고 가는 모습을 봤다고 친구에게 들었다. 나는 그의 삐삐 비밀번호를 알아내려고 그의 생일, 우리가 만난 날, 그의 집 전화번호를 눌렀다. 0918, 0426, 8910. 모두 아니다. 0000. 드디어 그의 비밀번호를 알았다. 이렇게 쉽다니. 여자 목소리가 녹음되어 있다. 나는 하루에 서너 번 비밀번호를 누르고 그녀의 목소리를 엿듣는다. 그에게 그녀 이야기를 들은 적이 있다. 고등학교 때 만난 첫사랑이고 나와 만나기 얼마 전에 헤어졌다고 했다. 나도 누군가에게 잊지 못하는 첫사랑이고 싶다. 아니 정확히 그에게 첫사랑이고 싶다. 타임머신을 타고 과거로 갈 순 없어 다른 방법을 찾았다. 나는 서원의 첫사랑과 내가 자매라고 상상했다. 쌍둥이 자매다. 그가 잊지 못하는 화목한 가정에서 사랑받으며 자란 딸, 그가 영원을 약속한여자. 서원은 친구들과의 술자리에 내가 올 줄 모르고 그녀를 데리고 왔다. 나는 그녀 옆에 앉았다. 나의 쌍둥이 자매 옆에.

이런 망상, 어딘가 익숙하다. 맞아, 고3 때도 그랬지. 내가 사랑하는 사람이 사랑하는 여자를 나의 자매, 쌍둥이라고 생각했던 것. 나는 분명 문제가 있다. 얼마나 많은 쌍둥이를 만들려고 그러니.

학교 도서관에 가서 여자, 남자, 심리를 키워드로 검색해 관련 책을 찾아 읽는다. 책에는 내가 어릴 적 부모에게 안정적인 사랑을 받지 못한 트라우마가 무의식으로 남아 남자에게 집착한다고 적혀 있다. 애정 결핍이란다. 그러니까 내 감정이 사랑이 아니라 집착, 애정 결핍이라고? 트라우마, 무의식, 호르몬 때문이라고? 오, 그럴듯한데. 나는 프로이트와 융의 이야기에 빠졌다. 그래, 문제는 나에게 있었던 거야! 임신일지도 모른다며 매달리는 여자를 좋아할 남자는 없다. 하지만 억울하다. 내가 의식이 없는 상태일 때 그가 섹스를 시도한 것과 이후로 피임을 안 한 것, 내가 임신일지 모른다고 말한 직후 연락이 끊긴 것을 전부 내 잘못이라고 할 수는 없지 않나? 게다가 프로이트와 융은 모두 남자잖아. 너네가 어떻게 다 알아?

나는 대학에 입학하고 자유로워졌다고 생각했다. 잘 곳이 없어서 밤에는 집에 들어가야 했지만 종일 밖에서 마음대로 할 수 있다. 나는 아버지에게 고통받는 새어머니를 보면서 사회 관습에 얽매여 한 남자에게 묶여 살지 않겠노라고 다짐했다. 나는 자유롭게 사랑하고 섹스하고 헤어질 수 있다고 자신했다. 하지만 실제로 나는 서원이 자고 싶다고 하면 잤고 임신이 걱정되면서도 그에게 콘돔을 사용하라는 말은 못 했다. 그가 떠난 후에도 상상 속에서라도 그에게 속해 있기를 바랐다. 그의 사생활까지 염탐했다. 결국 나는 없고 사랑에 대한 갈구만 있다.

대학교 1학년을 마치고 휴학을 했다. 등록금과 수업에 필요한 컴퓨터를 살 돈을 벌기 위해 휴학한다고 새어머니와 친구들에게 말했지만 사실은 나 자신을 어떻게 하지 않으면 서원에게 계속 매달릴 것 같아서다. 입시미술학원에 다니기를 결심했을 때처럼, 사람과의 모든 관계를 정지시키는 것 외에 방법이 없어 보인다.

1년 전 술집 삐끼 일에 실패한 후로 서빙 일 외에는 새로운 일에 도전하기가 꺼려진다. 다시 길거리를 배회하며 아르바이트 공고 전단지를 찾았고 지하철역 근처 레스토랑에서 일자리를 구했다. 40대 남자 사장은 영업 종료 시간 즈음에 한 번 오고, 주방에서 요리하는 아주머니가 레스토랑 일 대부분을 관리한다. 첫 달은 오전 11시부터 오후 5시까지 일했고 두 번째 달에는 저녁 시간에 일하던 사람이 그만둬서 새로운 사람을 뽑는다기에 내가 밤까지 일하겠다고 했다.

오전 11시부터 밤 12시까지 하루 13시간, 시간당 2500원. 한 달에 이틀을 쉬고 90만 원 조금 넘게 번다. 처음에는 한 공간에서 13시간 동안 일하는 것이 얼마나 힘들지 짐작하지 못했다. 아침에 출근해서 문을 열고 바닥과 테이블을 청소하고 유리창을 닦고 주방 아주머니가 출근하면 음식 재료 준비를 돕는다. 아주머니가 주시는 밑반찬이나 오징어덮밥으로 점심을 때우고 낮 손님 주문을 받고 서빙을 한다. 저녁부터 손님이 많아지고 대부분 생맥주를 주문한다. 나는 기계에서 잔에 맥주를 따를 때

적당량의 맥주 거품이 생기도록 신경 쓴다. 거품이 너무 많으면 손님들은 다시 달라고 한다.

점심과 저녁 시간 사이에는 손님이 거의 없어 집 근처 새로 문을 연 도서대여점에서 돈 주고 빌려온 책을 본다. 나는 태어나 처음으로 많은 책을 읽는다. 집에는 교과서 외에 책이 없었다. 처음에는 단행본을 빌려 보다가 더 읽을 만한 책이 없어서 『지리산』『태백산맥』『토지』 같은 장편 대하소설을 빌려 읽는다. 책 한 권을 오래 읽기 위해『어린 왕자』『노인과 바다』 같은 책은 영어 원서로 사서 읽는다. 책 읽기가 지겨워지면 공책에 편지를 쓴다. 처음에는 서원에게 쓰다가 그다음에는 정민에게 그리고 나에게 쓴다. 레스토랑 안에서 빈 시간은 넘쳐나지만 나는 밖으로 나갈 수 없고 할 수 있는 일은 독서와 글쓰기뿐이다. 그마저도 할 수 없다면 견디지 못할 것 같다.

주방 아주머니는 나를 싫어한다. 하루 종일 둘이 있는데 내가 자신의 이야기에 건성으로 대답하고 책이나 보고 있어서다. 다행인 건 책을 못 읽게 하지는 않는다는 점이다. 몇 번 레스토랑으로 아주머니의 대학생 아들이 와서 점심을 먹고 갔는데 모자의 경제적 형편은 어려워 보였고 아주머니가 나도 형편이 어려운 휴학생으로 생각하는 듯했다. 주방 아주머니 말투는 새어머니와 닮았다. 나는 새어머니와 나이가 비슷한 여자 앞에 서면 긴장한다. 나를 혼낼 것 같다. 나는 두려워서 표정이 굳는데 상대는 내가 자신을 무시한다고 생각하는 듯하다. 악순환이다. 아주머니는 시간이 갈수록 내게 거칠게 말한다.

너는 맨날 책만 보냐. 할 일 없으면 저기 창틀 좀 닦아. 다 큰 애가 왜 그렇게 눈치가 없냐. 저기 좀 치워라! 뭐하니, 손님이 부르잖아! 화장실 치우고 와. 여기 와서 이것 좀 해라.

내가 하루 종일 듣는 말은 이게 전부일 때가 많고 내가 하는 말은 네, 네가 전부다. 집에 가면 아버지는 술을 마시고 새어머니는 돌아 누워 있거나, 둘이 소리를 지르며 싸운다. 나는 재빨리 내 방으로 들어간다. 아버지가 제발 나를 부르지 않기를 바라면서.

레스토랑으로 서원에게 전화가 왔다. 친구에게 내가 일하는 곳 번호를 물어 전화했다는 그의 목소리에 나는 꿈이 아닐까 설렌다. "미희야, 오랜만이다. 잘 지내지? 정말 미안한데 부탁이 있어. 내가 어제 사고로 무릎이 부러졌거든. 근데 병원비가 없어서 치료를 못하고 있어. 너한테 면목 없지만 50만 원만 빌려줘라." 달콤한 꿈은 와장창 깨졌지만 그래도 그가 위급한 상황에서 나를 찾는다는 것은 감격스럽다. 나는 전화를 끊고 바로 레스토랑 옆 은행으로 가서 돈을 송금했다. 돌아오는 길에 그의 집이 부자 동네에 있었다는 것과 1년 전 그 집 앞에서 하루 종일 기다렸던 것이 생각났다. 하늘이 유난히 파랗던 오늘 같은 날. 너는 벌써 잊었니? 다쳤는데 치료비가 없다고?

일주일 전 레스토랑이 쉬는 날 서원과 같은 밴드의 맴버 창식을 따라갔던 일이 생각났다. 창식도 레스토랑으로 전화를 걸어왔다. 내게 40만 원을 빌려달라고 했고 내가 없다 했더니 그 정도 돈도 못 버냐, 한 달에 이백은 벌 수 있는 아르바이트를 소개해줄 테니 나오라고 했다. 그래서 내 금쪽같은 휴일에 역삼역 앞에서 창식을 따라 커다란 컨테이너 건물 안으로 들어갔다. 세련된 양복을 입은 다양한 연령대의 사람들이 모여 있었다. 처음에는 화장품을 파는 일이라고 했다. 그리고 전기장판을 팔고 칫솔과 밥통도 파는데 제품 성능이 너무나 뛰어나서 자신도 사용하고 있단다. 이걸 몇 명에게 팔면 백만 원, 등급이 올라가면 오백만 원, 또 등급이 올라가면 천만 원을 벌 수 있고, 제품이 뛰어나기 때문에 사람은 금방 모을 수 있는 데다 시간을 자유롭게 사용할 수 있어서 다른 일을 겸할 수 있다고 했다. 강사가 무대로 올라와 자본주의 구조와 돈 버는 방법에 대해 강연을 했고 사람들은 박수 치고 노래를 불렀다. 나는 부자가 될 생각에 마음이 부풀었다. 양복 입은 사람들과 근처 식당으로 가서 저녁을 먹고 나왔다. 처음 보는 사람들이 내게 깍듯이 인사하고 환하게 웃는다. 레스토랑에서는 내가 인사해도 모른 척하는 손님이 많은데 여기서 나는 뭐라도 된 것 같다. 그래 부자가 되자! 다시 컨테이너 건물 안으로 들어가서 당신도 부자가 될 수 있다는 이야기를 듣고 또 들었다. 질리지도 않아, 부자가 될 수 있다는 말. 컨테이너 안의 창문은 가려져 있고 시계도 없어 자정이 된 것을 뒤늦게 알았다.

새어머니는 외박에 엄격한 분이라 자정 넘어 집에 들어가면 크게 혼을 냈다. 양복 입은 사람들이 자고 가라는 걸 집에 큰일이 있어 꼭 가야 한다고 말하고는 그곳을 빠져나왔다. 지하철은 이미 끊겼다. 택시를 타고 계기판의 액수가 올라가는 것을 보면서 내가 다녀온 곳이 다단계라는 걸 깨달았다. 빨리도 깨닫는구나. 평소에 나는 귀가 얇은 편이 아닌데 부자가 될 수 있다는 말은 강력한 최면이구나. 멍청하다. 컨테이너 안에서 돈을 벌어 다시 대학에 가고 매킨토시 컴퓨터를 사고 수동 카메라를 사고 해외 어학연수 가는 꿈을 꿨다. 망한 약장수 아버지랑 같잖아. 택시비만 날렸다.

서원과 창식이 다단계에 빠졌으니 돈을 빌려달라고 하면 절대로 빌려주지 말라고 친구가 전화로 일렀다. 내게 거짓말을 했다는 걸 알게 되었는데도 여전히 서원이 좋다. 50만 원은 내게 큰돈인데, 그 돈을 돌려받아 대학 등록금을 내야 하는데 그에게 달라고 못 했다. 오히려 50만 원을 핑계로 가끔 연락을 주고받을 수 있지 않을까 기대한다. 내가 레스토랑 안에 갇혀서 주방 아주머니 눈치 보고 발톱 무좀이 생기도록 서빙해서 번 돈인데. 그 부잣집 아들이 거짓말하고 돈까지 빌려갔는데도 나는 그에게 전화가 오면 좋다고 웃으며 돈은 천천히 줘도 돼, 라고 한다. 가끔 그의 삐삐 비밀번호를 눌러 그의 애인이 녹음한 것이 없는지 확인한다.

밤에 내 방에서 몰래 술을 마신 적이 있는데 너무 외로워 눈물만 나고 앞으로도 계속 혼자 마시면 아버지처럼 알코올중독이 될 것 같아 그 후로 혼자서는 술을 마시지 않는다. 담배는 혼자 피운다. 아침에 출근하기 전 집에서 한 대, 레스토랑에서 점심 먹고 화장실에서 한 대, 퇴근 후 집 근처 어두운 골목에서 한 대. 그림 그리고 싶다고 어렵게 미대에 들어가서는 술만 마시고 제 앞가림도 못하고 남자만 생각하고. 내가 한심하다. 누군가에게 흠씬 두들겨 맞아 정신을 차리고 싶다.

월급날인데 레스토랑 사장님이 현금을 찾는 것을 깜박했다며 다음 날 준다고 했다. 자정 퇴근길 밤하늘의 별이 선명하다. 걸으며 담배를 피우고 싶지만 사람이 다니는 길에서는 여자가 담배 피운다고 해코지하는 사람을 만날 수 있으니 인적이 드문 아파트 뒷길로 향했다. 담배에 불을 붙인다. 후우- 담배 연기가 공기 중으로 흩어져 답답한 마음이 조금은 누그러진다. 그때 뒤에서 남자들 고함 소리가 들린다. "저년 담배 피운다!" 놀라서 뒤돌아보니 스무 살쯤으로 보이는 남자 네댓 명이 손가락질하고 웃으며 달려온다. 도망쳐야 돼! 나는 본능적으로 뛰었다. 순간 뒤에서 단단한 무엇이 내 머리를 후려치고 아악! 외마디 비명과 함께 정신을 잃고 쓰러졌다.

눈을 뜨니 내 방 천장이다. 얼굴이 아파 손으로 살살 만져보니 커다랗게 부어 있고 화끈거린다. 입안에서 피맛이 난다. 얼굴이 대체 어떻게 된 거야? 일어설 힘도 없어 앉아서 손거울로 얼굴을 봤다. 울긋불긋한 색의 커다란 얼굴을 가진 괴물이 비친다. 이게 나야? 혀로 앞니를 핥아 피를 걷어낸 자리에 있어야 할 앞니 세 개가 없다는 것을 깨닫는다. 새어머니가 방문을 연다. 어제 파출소에서 전화가 왔고 길가에 쓰러진 나를 파출소에 눕혀놨으니 집으로 데려가라고 했단다. 증거도 증인도 없어 범인을 잡을 생각은 하지 말라고 했단다. 그녀는 한숨을 쉬며 얼음을 감싼 수건을 내게 주었다. "얼굴에 대고 있으면 덜 아플 거다. 일 갔다 올게." 나는 갑자기 어제가 월급날이란 게 생각나 가방을 찾아봤더니 없다. 하늘이 무너진다. 다행히 월급을 받지 않은 것이 곧 떠올랐다. 가방 안에는 일기장과 라이터뿐이다. 얼굴이 괴물이 되었는데 월급 봉투가 없어졌을까가 더 걱정이라니. 몸은 다친 곳이 없었다. 눈물이 흘러 얼굴이 쓰라리고 아프다.

당분간 일 못 나간다고 레스토랑에 알리려고 전화기가 있는 안방으로 갔다. 문을 여니 술 냄새가 나고, 아버지는 벽 쪽으로 몸을 웅크린 채 자고 있다. 당신은 딸이 어찌되든 상관없지? 너무 외로워 친구 은희에게 전화해 길에서 맞은 이야기를 했다. 다음 날 은희가 집으로 병문안을 왔는데 그러고 보니 친구가 우리 집에 온 건 처음이다. 그녀가 나를 보더니 울면서 물었다. "이 정도인 줄은 몰랐잖아. 어떡하니. 왜 말 안 했어?"

"깡패들이 내 얼굴이 맘에 안 들었나봐. 어떻게 얼굴만 이렇게 때렸을까?"

"얼굴이 그래가지고 농담이 나오냐?" 피식 웃는다.

새어머니가 왜 그 밤에 외진 곳에 갔냐고 물어보면 담배를 피우러 갔다는 말은 절대 하지 말고 걷고 싶었다고 해야지. 속으로 거짓말 연습을 여러 번 했는데 묻지 않았다. 나는 범인을 잡아야겠다는 생각도 못 하고 화도 나지 않았다. 운명처럼 여겼다. 내가 맞고 싶다고 멍청한 상상을 해서 벌어진 일이다.

보름이 지나 얼굴의 붓기는 빠졌다. 옆 동네까지 돌면서 치료비가 저렴해 보이는 낡고 작은 치과로 갔다. 의사는 내 앞니를 보더니 치아의 뿌리가 거의 남지 않아 임플란트를 해야 하는데 자신의 치과는 임플란트를 못한다고 했다. 큰 병원에 가면 800만 원 정도 들 거라고 했다. 기가 막혔다. 돈이 덜 드는 방법이 없는지 묻자 의사는 잠깐 뜸을 들이다 말했다.

"가운데는 아예 뿌리가 없지만 다행히 양쪽 두 개에 뿌리가 조금 있으니까 양쪽에 치아를 붙이고 중간은 브리지로 연결해 봅시다. 튼튼하진 않겠지만 방법이 그것밖에 없네요." 브리지 치아가 만들어질 때까지 틀니를 하고 다녔다. 그런 자신에게 한없이 욕을 했다.

누군가에게 두들겨 맞아 바닥에 내팽개쳐지고 망가지고 그래서 정신을 차리고 싶었는데, 진짜 맞으니까 상상외로 아프다. 돈도 많이 든다. 맞고 싶다고 했던 것 취소다. 다시는 누군가에게 죽도록 맞고 싶다는 생각은 하지 말아야지. 절대로 누군가 나를 상처 입히게 하지 말아야지. 나는 서원의 삐삐를 엿듣는 일을 그만뒀다.

그때까지 번 돈 중 150만 원을 치과에 지불하고 다시 레스토랑으로 출근했다. 레스토랑은 내게 감옥 같았지만 천만 원을 모을 때까지는 그만두지 않겠다는 결심을 스스로 깰 수 없었다. 한 번 결심한 일을 해내지 못하면 앞으로 계속 그렇게 살 것 같았다. 일기장 맨 위에 대학 복학을 위해 레스토랑을 그만두기로 자신과 약속한 날 100일 전부터 하루씩 날짜를 지워갔다. 레스토랑에 있는 것이 유난히 답답한 날이면 꿈에 대학교 가는 길이 나왔다.

이듬해 2학년으로 복학했다. 학교에 간 첫날 어떤 선배가 내 이름을 물어봐서 알려줬다고 친구가 말했다. 나는 아방가르드 스타일이라고 하는 호텔 커튼 같은 치마를 입고 있었는데 그것 때문인가 싶었다. 학교 갈 때 입으려고 마음이 들떠서 며칠 전 동대문시장에 가서 산 옷인데 다시는 안 입을 것 같다. 그 선배는 나를 보면 이름을 부르고 아는 척을 한다. 자판기 음료를 사주고 식당에서 밥을 사주고 학교 수업에 필요한 여러 가지를 알려준다. 이상하게 자주 마주친다. 풍기는 분위기 때문인지 덩치가 커서인지 나보다 한 살 많을 뿐인데도 어른처럼 느껴진다.

그는 내게 서울대공원에 같이 가자고 했고 나는 그에게 특별한 감정이 없지만 어차피 주말에 갈 데도 없어 좋다고 했다. 약속한 날 날씨는 화창했고 대공원 가는 길에는 벚꽃이 만발했다. 입구에서 코코넛 열매 윗부분을 잘라서 빨대를 꽂은 음료를 팔았는데 내가 처음 본다며 신기해하니까 선배가 사줬다. 달콤했지만 미지근해서 마시다가 버렸다. 같이 놀이기구를 타고 동물원 구경을 하고 아이스크림을 먹으면서 걸었다. 그는 내게 취미가 뭔지 집에서는 주로 뭘 하는지 어떤 음악을 좋아하는지 여러 가지를 물었고 나는 주로 몰라요, 아니요, 네라고 대답했다. 그는 내게 그것밖에 할 줄 아는 말이 없냐며 웃었다. 취미는 없고 집에서는 잠만 자고 음악은 카세트 플레이어가 없어 가끔 라디오를 듣는 것이 전부라 그렇게 대답할 수밖에 없는데 이런 걸 다 설명하기에는 구질구질하니까.

저녁 시간에 피자집에 갔고 그가 피자와 샐러드를 주문했다. 나는 그때까지 피자 한 판을 시켜서 먹어본 적이 없다. 입시미술학원에 다닐 때 1500원짜리 조각 피자 하나를 먹어본 것이 다였고 그마저 돈이 없어 친구들이 갈 때 같이 못 간 날이 많았다. 그런데 내 앞에 피자 한 판이 다 있다니. 그렇다고 피자 때문에 그가 키스하자고 할 때 응했던 건 아니다.

그는 내 아버지와 정반대의 남자다. 다정하고 듬직하고 다방면에 아는 사람이 많았고 디자인 작업을 해서 돈을 벌었다. 회사를 다니는 형과 학교 앞에서 자취를 했다. 어느 날 오전에 만나자고 해서 나갔더니 그가 꽤 피곤한 얼굴로 있어 무슨 일 있냐고 물었다.

—어제 밤새워서 일했거든.
—근데 왜 안 자고 만나자고 했어?
—나는 자는 것보다 너 보는 게 더 좋아. 너 보면 안 피곤해져.

나를 그렇게 좋아해주는 사람이 처음이라 그 옆에서 마음을 쉴 수 있었고 서서히 그가 좋아졌다. 그는 내 생일에 작은 노란색 맥가이버칼과 도서상품권을 선물로 주면서 언젠가 내가 책 읽는 모습이 예뻐 보였다고 했다. 나는 아버지가 백수에 알코올 중독이고 새어머니가 미싱 일을 해서 집안 생계를 꾸린다고 그에게 말했다. 그는 데이트할 때 돈을 다 냈고 좋은 식당에 데려가주었고 밤이 늦으면 집까지 데려다주거나 택시비를 줬다. 내가 술에 취해 밖으로 사라진 날 밤 나를 골목에서 찾아내 자신의 집에서 재워주었다.

그는 내 인생의 방향을 약간 틀어주었다. 나는 이전까지 미래에 대한 현실적인 대책이나 계획 없이 새어머니가 주신 돈으로 입시미술학원을 다니고 대학에 입학하고 휴학을 하고 서빙 아르바이트를 한 것이 전부였다. 다음 학년 등록금이 없어서 또 휴학을 해야 할지 모른다고 생각했는데 그가 졸업 후 갚는 대학 학자금 융자 제도를 알려줬고 선착순으로 마감될 수 있으니 빨리 과사무실에 신청하라고 했다. 근로장학금이 나오는 대학 내 컴퓨터실 관리 보조 일을 할 수 있게 주선해주었고, 디자인 회사 대표를 소개해줘서 학교 작업실에서 디자인 아르바이트를 할 수 있게 되었다. 나는 휴학을 하지 않고 학교를 계속 다닐 수 있었다. 그는 내가 대학 졸업 후 어떤 일을 하면 좋을지 이야기했다. 그는 중고 자동차를 사서 나를 먼 곳까지 구경시켜주고 그의 친구, 선배들과 만나는 술자리에 데려갔다. 그들은 해외여행, 스키, 사업, 정치에 대해 이야기했는데 나는 아는 것이 없어 아무 말 하지 못했다. 한번은 누가 유흥업소에서 돈을 주고 여자를 샀다고 자랑스럽게 말했는데 애인이 그 말에 미소를 지어 그도 경험이 있다는 걸 짐작할 수 있었다. 돈을 주고 섹스를 하는 것과 사랑해서 섹스를 하는 것에는 어떤 차이가 있을까? 왜 여자를 산다고 표현하는 것일까? 그는 나와의 데이트 비용을 모두 내고 택시비를 주기도 하는데 그것도 여자를 사는 것과 비슷한 것이 아닐까 하는 생각에 이르자 기분이 나빠졌다.

그는 내게 많은 도움을 주었는데 나는 점점 그 도움을 당연시하기도 해 그를 사랑해서 만나는 것인지 필요해서 만나는 것인지 헷갈리기도 했다. 만난 지 2년쯤 되자 그와의 섹스가 숙제처럼 느껴졌다. 내가 줄 수 있는 건 몸밖에 없지 않을까. 그의 곁에 누워서 그런 생각이 들었다. 어느 날 그가 어느 연예인 이야기를 하다가 "우리 엄마가 이혼 가정에서 자란 여자는 커서 문란하대"라고 했는데 내가 이혼 가정의 자식이라는 걸 잊은 듯한 표정이었다. 그래, 내가 좀 문란하지.

그의 대학 졸업식 때 부모님과 식사를 같이 했다. 부산에서 크게 사업을 한다는 그의 아버지는 점잖고 쾌활했으며, 젊을 적 선생님이었다는 어머니는 우아하고 다정했다. 그가 부모님을 닮았다는 것을 한눈에 알 수 있었다. 그의 어머니가 내게 웃으며 말했다. "학생, 순수해 보이네요." 내가 긴 생머리에 흰색 자

켓을 입고 있어서 오해하는 듯했다. 나는 순수보다 문란에 가까운데. 나는 그와 완전히 다른 세상에서 성장했다는 것을 깨달았다. 어쩌면 그의 어머니 말대로 나는 불우한 가정에서 자라 성격이 뒤틀려서 남자에게 의존하고 그 대가로 몸을 지불하고 있는지도 모르겠다. 그가 점점 멀게 느껴졌고, 다른 남자들을 만났고, 그에게 헤어지자고 말했다. 미안하고 고마웠어. 그렇게 말하고는 돌아섰다.

긴 머리를 늘어뜨리고 화장을 하고 예쁜 옷을 입고 하이힐을 신으면 나는 다른 사람이 된 듯하다. 술에 취해서 쾌활하게 웃고 멍청한 소리를 하고 때로 주정뱅이 아버지와 나를 떠난 어머니에 대해 말하면 남자들은 호감을 보이고 친절하고 도움을 주려 한다. 나는 나의 불행을 이용한다. 힘 있는 사람이 내게 무언가를 준다는데 거절할 이유가 없잖아. 그런 마음이 반복되면 받는 것에 익숙해지고 자존감을 잃는다. 결국 아버지처럼 되고 말 거야.

학교에 학생들이 신청하면 사용할 수 있는 작업실이 있다. 나는 내 자리에 컴퓨터를 가져다두고 과제를 하거나 아르바이트를 한다. 주말과 방학에도 학교에 가고 집에는 늘 밤 12시에 들어간다. 2~3일에 한 번은 술을 마시고 새벽에 들어가기도 한다. 집안일은 외면했다. 아버지는 하루 종일 방바닥에 이불을 펴놓고 밥은 거른 채 술만 마신다. 새어머니는 눈이 퀭하고 나날이 말라간다.

어느 날 새어머니가 할 이야기가 있으니 밤 10시에 밖에서 만나자고 했다. 무슨 일이지? 약속 장소인 동네 호프집에는 새어머니와 오래 알고 지낸 그녀의 친구가 있었다. 새어머니가 술 마시는 모습은 처음 봤는데 그녀는 맥주를 두 잔쯤 마시더니 얼굴이 붉어져 말했다.

"네 아빠랑 따로 살기로 했다. 월세집 빼서 네 아빠한테 보증금 주기로 하고 다시는 나를 안 찾겠다는 각서를 받았어." 그러고는 뜸을 들이다 말을 이었다.

"너는 나랑 같이 살고 싶으면 살아도 돼."

나는 그 말뜻을 바로 이해하지 못했다. 새어머니는 자신이 낳지 않은, 자신이 가장 미워하는 남자의 딸인 나와 왜 같이 살려고 하는 것일까? 내가 불쌍해서? 아니면 그동안 함께 산 세월이 있으니 정말 나를 딸로 생각해서?

 나는 대학교 3학년생이고 등록금은 학자금 융자로, 용돈과 과제 재료비는 아르바이트로 충당할 수 있지만 자취방을 구할 돈은 없다. 나는 엄마와 살고 싶다고 했다. 옆에 있던 어머니 친구분이 "너 엄마한테 잘해야 돼"라고 했다. 술을 몇 잔 더 마시고 그동안 어머니에게 궁금했던 것을 물었다.

 "왜 우리 말고 자식은 안 낳으셨어요?"

 "너네 키우느라고 그랬지."

 새어머니가 이사한 곳은 산동네 시멘트 부엌을 사이에 둔 반지하 방 2개짜리다. 작은 창문이 천장에 붙어 있어 반지하라기보다 지하에 가깝고 화장실은 계단을 한참 올라가서 지상에 있다. 전에 살던 집보다 환경이 조금 나빠졌는데 그런 건 상관없이 아버지가 집에 없다는 사실만으로 좋았다. 나는 새어머니가 자신이 번 돈으로 마련한 월세집 보증금을 왜 아버지에게 주었는지 이해할 수 없지만 아마도 아버지는 그 돈을 받지 않았다면 끝까지 새어머니를 붙잡고 늘어졌을 것이다. 새어머니와 나는 아버지라는 지옥에서 도망치는 데 성공했다. 왜 새어머니는 좀더 일찍 아버지를 떠나지 않았을까? 짐작건대 하루 종일 지

속되는 고된 노동과 아버지의 폭언 및 착취로 인해 무기력해져 다른 가능성에 대해 생각할 여유가 없었던 것 같다. 중간에 나라도 그녀에게 이제 그만 아버지를 떠나라고 말했어야 했는데 하지 않았다. 만약 그녀가 새어머니가 아닌 친어머니였다면 조금 더 빨리 나와 동생을 데리고 아버지를 떠날 수 있지 않았을까. 그랬다면 고통의 시간은 더 짧았을 텐데. 하지만 새어머니는 아버지를 떠나 자신과 핏줄로 연결되지 않은 자식 둘과 함께 살 수 있다는 가능성에 대해 생각하지 못했고 나는 새어머니에게 그런 요구 또는 부탁을 할 만한 처지가 아니라고 생각했다.

7장

34년 만에 만난 친어머니

그날 밤 10시, 친어머니가 문을 두드리다 간 며칠 후 편지가
왔다.

미희에게

미희야, 얼마 만에 불러보는 이름인가? 내가 미희라는 이름을 불러
도 되는지? 이름을 부를 자격도 없는데 무슨 말을 어떻게 시작해야
할지 모르겠어. 어쩌면 이 편지가 세상에서 보내는 마지막 글이 될
지 모르겠지만, 보내고 후회할지도 모르는 내용의 글이지만 솔직히
써보려고 해.

신내동에서 네 큰아빠와 네 아빠가 법랑공장 동업을 할 때 우리가
전세 살던 120만 원과 나의 친정 큰아버지의 도움과(액수가 생각
안 남) 나의 친정집에서 소 세 마리와 쌀 100가마니 판 돈과 내가
빌린 돈 467만 원으로 시작했어. 그때는 큰돈이었어.

동업이 실패해 공장을 정리할 때 네 큰아빠가 거래처에서 어음으로
받은 돈을 나에게는 단돈 10원도 안 주고 가져갔어. 우리 전셋돈 들

어간 것도 안 주고. 공장 보증금을 내 돈으로 했는데 공장 계약 때 큰아빠 명의로 계약해서 공장 보증금 뺀 것도 네 큰아빠가 가졌어. (그때는 계약 명의자가 중요하다는 것도 모르고 네 큰아빠를 믿었어. 의심 안 하고.) 네 아빠는 형이라고 말 한마디 못 하고 나는 친정에서 가져온 돈 말고도 친정 큰집과 다른 곳에서 빌린 돈을 하나도 갚지 못한 채 전세방도 없어지고 빚과 보증금과 100만 원 하는 월세방만 남게 되었어.

그 일로 나는 네 큰아빠와 여러 번 싸웠어. 몇 달 후 네 큰아빠는 바로 봉제공장을 차렸어. 나는 지금도 그 돈이 내 돈이었다고 생각해. 동업하기 전에는 남의 공장에서 일하던 사람들이 어떻게 동업 끝나고 얼마 안 가서 바로 자기네 공장을 시작해? 나는 그때 승우를 임신하여 만삭이었고 공장 근처에 방 하나 부엌 하나 있는 월세집에 살고 있었어.

공장을 운영할 때 중학교를 갓 졸업한 어린 나이의 친정 내 동생이 우리 공장에서 경리 일을 봐주고 있었는데 공장 야간 작업을 돕고는 피곤하다며 집에 와서 잠깐 자고 있었어. 공장에 일이 있어서 다녀온 내가 방문을 여니 너희 아빠가 잠자고 있는 내 동생을 강간하려고 바지를 내리다가 내가 소리를 지르니까 놀라서 바지를 올리지도 못하고 그대로 굳어버렸어. 그 후 공장을 정리하고 너희 아빠가 직장생활을 다시 시작했는데 갖다주는 월급이 점점 줄더니 어느 날부터는 월급을 하나도 안 줬어.

몇 달 후 네 아빠가 다니는 공장에 경리로 있던 최혜숙과 아빠가 도망을 갔어. 나는 학교도 못 나와 배운 것도 없고 기술도 없고 당장 먹고살 길이 없어서 다방 주방, 식당 주방 등에서 일했지만 어린 너희 둘만 남겨놓고 새벽부터 밤늦게까지 하루 종일 밖에 있을 수가 없어서 길거리에서 붕어빵 장사를 시작했지. 지금도 붕어빵 장사 했던 때를 생각하면 눈물이 나. 변변한 옷도 못 입고 겨울에 길거리에서 종일 서 있으면 몸이 얼어 나중에는 감각이 없어져. 리어카를 끌고 언덕을 내려오면 저녁엔 올라갈 수가 없어서 지나가는 사람한테 밀어달라고 부탁하곤 했어. 할 줄도 모르는 붕어빵 반죽을 할 때 많이 힘들었지.

그 후 너희 큰엄마한테 연락이 왔어. 네 아빠가 웬 젊은 여자를 데리고 와서 큰집 근처에서 살고 있으니 그 주소를 알려주면서 찾아가보라고. 자기가 알려줬다고는 말하지 말고. 너희 아빠와 최혜숙이 사는 이문동 집에 찾아가서 둘이 살아도 좋으니 생활비만 보내달라고 했지. 네 아빠는 그렇게는 못 하겠다면서 이혼하고 아이들을 보내라고 하더라고. 월세방에 살면서 빚만 잔뜩 있는 나는 너희와 살 수 있는 방법이 없었어. 화장실세를 6개월간 못 내니까 주인이 화장실 문을 망치로 박아버렸어. 나는 사람들이 왜 자살하는지 이해를 해. 너희 아빠와 사는 것이 상처투성이의 지옥 같은 생활이었지만 최혜숙과 네 아빠가 집만 나가지 않았다면, 아니 둘이 살면서 생활비만 조금 주었어도 너희와 헤어지지 않고 살았을 거야.

 너희 둘을 너희 아빠와 최혜숙이 사는 집에 두고 아이들 잘 부탁한다며 말하고 돌아오던 날 전철을 타고 신림동 집에 왔다가 그 밤에 다시 이문동을 갔지만 너희를 만날 수 없었어. 너희 둘을 떼어놓고 돌아오니 숨을 쉴 수가 없어서 골목길을 엉엉 소리지르며 울면서 돌아다니면 너희 큰엄마가 나와서 나를 안고 같이 울곤 했지. 너희 큰아빠한테 길바닥에서 무릎 꿇고 다리를 붙잡고 울면서 빌었어. 잘못했다고. 다시는 돈 달라는 소리도 안 하고 죽는다 해도 찾아오지 않을 테니 아이들만 돌려달라고. 너희 아빠는 큰아빠 말을 잘 들으니까 큰아빠라면 아이들을 돌려줄 수 있을 거라고 생각했어. 너희 큰아빠는 절대로 안 된다고 했어. 어쩌면 나와 네 아빠가 헤어지는 게 큰아빠 본인에게 이롭다고 생각했을 거야. 내 생각인데, 나와 인연을 끊으면 내게 돈을 안 갚아도 되니까. 매일 이문동을 찾아가 골목길에서 목 놓아 울다가 오기를 수도 없이 했어.

결국은 몸무게가 40킬로가 되어 길바닥에 쓰러져서 지나가던 사람의 도움으로 병원에 실려간 다음에야 이문동 가는 걸 멈추었어. 그후 연락을 안 한 것은 내가 너희를 만나는 걸 최혜숙이 알면 너희를 구박할까봐였어. 너희 큰엄마도 내가 아이들에게 연락하는 걸 최혜숙이 알면 아이들한테 안 좋으니까 연락하지 말라고 했어. 아이들이 크면 엄마를 찾아갈 테니 지금은 만나지 말고 그곳에서 공부하게 놔두라고. 너희가 보고 싶으면 네 큰엄마한테 전화해서 울기도 많이 울었지. 너희 큰엄마가 너희 친구 엄마를 소개시켜줘서 그분한테도 전화를 수시로 해 너희 소식을 들었어. 나는 너희 큰아빠가 내게 진 빚이 있으니 너희 학비도 대주고 집도 사줄 거라 생각했어. 너희 큰엄마도 애들 걱정은 하지 말라고 했거든.

겪어보지 않은 사람은 모르지, 그게 어떤 고통인지. 나는 독학으로 공부하면서 직장을 잡고 빚을 갚으며 너희 큰엄마한테 돈을 조금씩 보냈어. 아이들 옷 사주라고. 그때 너희를 만나러 가지 않은 것은 너희를 보면 돌아와 다시 살 자신이 없어서야. 그 고통이 어떤 건지 알기에. 미희가 대학생일 때 내가 만나게 해달라고 네 큰엄마한테 부탁하니 조금만 더 있다가 만나라면서 연결을 안 시켜줬어.

나의 친정 식구들은 내 동생에게 너희 아빠가 하려고 했던 짓을 몰라. 내가 말을 안 해서…… 할머니는 너희 주소를 알려주면 찾아가서 데려다가 기른다고 하셨어. 그렇지만 할머니가 무슨 능력으로 너희를 가르치겠어. 아이들 보고 싶다고 참 많이도 우셨지.

그 후 꿈에 너희 아빠가 사흘 동안 보이길래 너희 큰엄마한테 연락하니 돌아가셨다고, 장사를 치른 지 몇 달 됐다고 했어. 너희를 만나겠다고 연락처를 달라고 하니 장례 치르고 나서 연락이 안 되고 연락처도 모른다고 했어. 그 후 큰엄마에게 여러 번 전화해서 연락처를 알아봐달라고 했지만 알 길이 없다고 했어. 이혼할 때 아빠한테로 돼 있던 자녀도 주민등록등본을 떼면 주소가 나온다는 걸 그때는 몰랐어.

이제 와서 무슨 할 말이 있겠니? 너희가 볼 때는 이유야 어찌 됐든 내가 사람으로도 안 보이겠지? 세월이 많이 흐르다보니 연락한다는 게 점점 두렵고 용기가 안 났어. 더군다나 재혼을 했으니 너희가 나를 사람으로도 생각 안 할 것 같았어. 사람들은 아이들이 크면 찾아올 거라고 했는데. 나도 어쩌면 찾아올지도 모른다고 기다리기도 많이 기다렸지만 소식이 없어서 나를 사람으로 생각 안 하는구나 하고 시간이 갈수록 찾아갈 엄두를 못 냈지.

오래전부터 할머니가 돌아가시 전에 너희 보는 게 마지막 소원이라고 참 많이 우시는데…… 한 번이라도 만나게 해달라고, 주소를 알려주면 혼자 찾아가겠다고 수도 없이 부탁하셨는데…… 토요일에 집에 왔다가 그냥 있을 수가 없어서 다시 남양주시에 갔는데 너무 늦은 시간에 간 것 미안해. 정신이 없었어. 이제 와서 나를 만난다는 게 끔찍하겠지. 그렇지만 예전에 한 동네 살았던 아줌마 본다고 생각하고 한 번만이라도 볼 수 있을까? 사람 같지 않아서 만나보는 것도 싫다면 전화통화라도 할 수 있을까? 나 같은 것한테 태어나 얼마나 모진 세월을 살았니? 미안하다는 말을 할 수도 없이 미안하고 미안하고 미안해. 이 세상에 인간으로서 태어나 인간으로서 해서는 안 될 용서받을 수 없는 잘못을 했어. 위의 내용들이 두서없이 순서가 바뀌었어. 건강히 자라줘서 감사해.

나는 편지를 읽고 설명할 수 없는 기분에 휩싸였다. 편지를 받기 전까지 나는 친어머니가 자기 인생과 사랑을 찾아서 떠났다고 생각했다. 나는 아홉 살 때 친어머니가 쌍꺼풀 수술을 하고 화장을 진하게 한 뒤 다방에 출근하는 모습을 보았다. 양복 입은 아저씨를 집에 데려오고 얼마 후 동생과 나를 아버지에게 보냈다. 그리고 큰어머니를 통해 그녀가 결혼해서 두 아이를 낳았다는 것도 알게 되었다. 이후 30여 년 동안 연락이 없었다. 내가 그녀에 대해 알고 있는 것은 이 정도가 전부였다.

　나는 자유롭게 연애할 수 있는 나이가 되었을 때 새어머니처럼 가부장제에 편입되지 않고 친어머니처럼 자유롭게 살고 싶었다. 나는 친어머니를 미워하고 나를 교육시킨 새어머니에게 감사하지만, 그와 별개로 새어머니처럼 살고 싶지는 않았다. 친어머니의 잘못이 자녀 양육을 외면한 데 있지 여러 남자를 만난 것에 있진 않으니까.

　큰아버지가 그녀의 돈을 갚지 않아 화장실을 사용할 수 없을 만큼 가난했고 동생과 나를 아버지에게 보낸 후에도 계속 연락을 했다는 사실은 몰랐다. 나는 친어머니에게 버림받았다는 생각에 오랜 시간 괴로웠는데 친어머니가 계속 연락을 해왔다니. 그렇다면 나의 어린 시절 고통은 누구에게 책임을 물어야 하는 걸까.

　더욱이 친어머니 역시 자유롭게 자신의 인생과 사랑을 찾아 나를 떠난 것이 아니었다.

법무사에게 우편물을 받았다. 안에는 친어머니의 도장이 찍힌 한 장 짜리 입양신고서가 있었다. 이 도장 하나 받으려고 그동안 온갖 피곤한 일을 했구나. 법무사는 내가 살고 있는 지역의 주민센터에서도 가능하지만 센터 크기가 작으면 입양 업무에 대해 잘 모를 수도 있으니 새어머니 주소지인 성북구청으로 가라고 했다. 아들을 데리고 그곳까지 갈 수는 없다. 아들은 왜 가는지 물어볼 테고 그러면 나는 거짓말을 해야 하는데 그러고 싶지는 않다. 동네에 사는 아이의 친구 엄마에게 아이를 맡기고 운전해서 구청에 갔다. 구청 안쪽에 입양 담당 창구가 있어서 정임과 나, 동생의 기본증명서와 입양신고서를 제출했다. 직원이 서류를 한참 보더니 머뭇거린다. 뭐가 잘못됐나? 어쩐지 입양이 너무 쉽게 된다 했다. 내가 기다리는 동안 직원이 상급자인 듯한 사람에게 입양신고서를 건네자 상급자는 나에게 신고서를 보여주면서 말했다.

"여기 동의자 친모의 이름과 도장에 새겨진 이름이 달라서 접수가 안 됩니다."

"네?" 바로 이해되질 않았다.

"여기 보시면 친모 이름이 이정임인데 도장은 이성임으로 되어 있어요. 이게 도장 하나로 입양이 결정되는 거라 정확해야 해요."

"옛날에 판 도장이라서 모양이 그런 것 아닌가요?"

"그래도 도장과 이름이 달라서 접수가 안 됩니다."

수긍하기 힘들다. 친어머니가 그 도장을 찍었다는 것은 어딘가 다른 곳에서도 썼다는 것 아닌가. 나는 되물었다.

"제가 친모에게 어렵게 사정해서 도장을 받았거든요. 친모가 멀리 살아서 우편으로 받았고, 저 사는 집도 성북이 아니라 남양주예요. 애까지 맡기고 힘들게 온 건데. 그리고 다시 도장을 받으려면……." 나는 당황해서 같은 말을 반복하다가 이래서는 소용없겠다 싶었다.

도장이 인감도장이어야 하는지 다시 물었고 아무 도장이라도 된다기에 밖으로 나왔다. 구청 바로 앞에 도장을 파는 곳이 있다. 나는 친어머니에게 문자로 상황을 설명했고 도장을 새로 파도 된다는 허락을 받았다. 5000원을 내고 이정임 이름이 새겨진 도장을 파서 다시 입양신고서 서류에 찍고 서류를 제출했다. 직원은 아무 말 없이 신고서를 받아 접수했다.

보름 뒤 문자가 왔다.

안녕하세요. 성북구청 가족관계등록팀입니다. 귀하께서 접수하신 가족관계 등록신고 처리가 완료되었음을 알려드립니다. 감사합니다.

동생에게 전화를 걸었다. 동생은 바로 인터넷으로 새어머니와 자신의 이름이 들어간 가족관계증명서를 발급받아 나에게 메시지로 보냈다. 나도 인터넷으로 가족관계증명서를 발급받아 프린트했다. 이로써 새어머니와 나는 법이 인정하는 가족이 되었다.

내일 포천 외할머니 집에 가기로 약속했는데 여름 장맛비가 일주일째 계속 온다. 내일도 비가 오면 좋겠다. 그 핑계로 할머니네 못 간다고 하게.

친어머니에게 문자 메시지가 왔다. '내일 할머니네 가는 거알지? 너 아들 데리고 운전하기 힘드니까 내가 데리러 갈게.'

누가 운전해주는 차를 타면 편하긴 하지만 운전하는 이가 34년 만에 만난 친어머니라면 차 타고 가는 내내 불편할 게 뻔하다. 기분 나쁜 상황이 발생했을 때 차 밖으로 뛰쳐나갈 수도 없고. 나는 직접 운전해서 가겠다고 문자를 보냈다. 비가 너무 많이 오면 못 갈 거라고도 적었다. 다시 답문자가 왔다.

'너 이모 두 명도 내일 온대. 너 보려고. 할머니가 음식해주신다고 어제 시장 다녀오셨대. 뭐 사오지 말아라. 내가 다 준비해갈 테니까. 늦지 말고 11시까지 와서 점심 먹자. 꼭 와야 돼.'

친어머니는 집요하다. 전날 외삼촌에게도 전화가 왔다. 나를 만나려고 했는데 직장에 나가는 날이라 오지 못한다고 했다. 이분들 모두 왜 이러실까. 잔치라도 열 생각인가? 가지 말까? 입양동의서에 도장 받는 과정에서 간다고 약속하긴 했지만, 이미 도장은 받았다. 가기 싫으면 안 가도 된다. 나는 내 멋대로 할 자격이 충분하다. 당신이 나한테 어떻게 했는데 말이야. 이튿날 비가 그쳤다. 나는 아들을 뒷좌석에 태우고 포천으로 차를 몰았다. 그녀가 편지에 쓴 문장 하나가 마음에 걸렸기 때문이다.

사람 같지 않아서 만나보는 것도 싫다면 전화통화라도 할 수 있을까?

나는 그녀를 만나고 싶지 않지만 그녀가 사람 같지 않아서는 아니다. 편지를 받기 전까지 나는 그녀가 재혼하기 위해 나와 동생을 아버지에게 보낸 줄 알았다. 가난 때문이기도 하겠지만 더 큰 이유는 자신의 인생이 자식보다 중요해서 그리했다고 여겼다. 그런데 편지를 받고 나서 내가 그동안 모르던 일들을 알게 되었고 그런 그녀가 안쓰러웠다. 게다가 혼자 아들을 키우면서 깨달은 사실은 아이가 어릴 때 누군가 육아를 도와주지 않으면 엄마는 일을 할 수 없다는 것이다. 배 속에서 나와 잠시만 방치해도 죽을 수 있는 갓난아기를 아홉 살까지 키우는 일도 굉장히 어려운 것임을 알게 되었다. 나는 친어머니가 나에 대한 죄책감을 가지고 있다면 그걸 덜어주기 위해서 한 번은 만나기로 했다. 나를 아홉 살까지 키워준 보답으로 그 정도는 할 수 있지. 어릴 적 고향 같은 시골 풍경이 궁금하기도 하다. 어린 시절 밤새 울면서 시골에 다시 가고 싶었는데 언젠가부터는 가고 싶은 곳이 있다는 것마저 잊었다.

친어머니는 입양동의서에 도장을 찍어 보내기 전후로 거의 매일 내게 문자를 보냈다. 전화 통화를 하고 싶다고 했다. 나는 친어머니가 도장을 찍어주기로 약속하긴 했지만 기분이 나빠지면 거절할 수도 있겠다는 생각에 친어머니와 통화를 했다. 친어머니 목소리는 허스키하고 떨렸지만 거침없기도 했다.

"내가 며칠 전에 엄마, 그러니까 네 할머니 집에 갔어. 붙잡고 울었지. 미희가 나를 안 보고 싶어하는 것 같다고 그랬더니 네 할머니도 같이 울더라. 네 할머니가 작년에 수술하셔서 몸이 안 좋으셔. 언제 돌아가실지 몰라. 죽기 전에 너를 한 번만 보고 싶다고. 어제 네 둘째 이모 명순이랑 통화했는데 명순이가 그러는 거야. 지금까지 내가 연락이 없다가 갑자기 연락하면 미희 생각에 내가 늙고 돈이 없어서 연락하는 거라고 생각할 수도 있으니까 그게 아니라고 말하라고. 내가 나이가 많아도 지금까지 회사에 다녀. 보험사에서 관리직이야. 나 먹고살 것은 충분해. 네 할머니랑 할아버지도 갖고 있던 시골 땅에 큰길이 뚫리면서 보상을 받아 두 분도 돌아가실 때까지 돈이 충분하고. 너에게 부담되는 일은 없을 거야. 네 할머니가 너를 너무 많이 보고 싶어하셔. 한 번만 보러 올 수 없겠니?"

나는 만나기 싫다고 딱 잘라 이야기하면 입양 동의를 안 해줄까봐 지금은 일이 많아서 갈 수 없으니 한 달 후에 시간을 내

보겠다고 말했다. 전화를 끊고 나자 우습게도 이런 생각이 먼저 들었다. 친어머니와 조부모님이 가난했다면 절대 그들을 보러 가지 않았고, 갈지 말지 고민도 하지 않았을 거라고.

친어머니는 나와 통화 중 할머니에게 내 전화번호를 알려줘도 되냐고 물었고 나는 에라 모르겠다 하는 심정으로 알려주라고 했다. 그때부터 외할머니는 매일 전화를 하셔서 내게 어떻게 살고 있는지 집은 자가인지 전세인지 집에 김치는 있는지 여러 가지를 물었고 자신의 딸이 얼마나 상심하고 있는지 얘기했다. 둘은 굉장히 사이가 좋은 모양이군. 할머니가 몸이 아파서 언제 죽을지 모른다고 매일 전화로 말씀하셔서 마지못해 다음 달 말일에 찾아뵙겠다고 약속해버렸다. 그렇게 34년의 시간을 뚫고 친어머니와 할머니를 만나러 가게 되었다.

할머니 집은 1차로 옆으로 난 샛길에 있다. 내 기억 속의 시골 동네와 많이 달라져 있다. 기억 속 할머니 집은 초록색 기와 지붕에 마당에는 작은 우물과 수동식 펌프가 있고 흰 개와 소, 닭들이 있었다. 하지만 다시 찾은 할머니 집에는 그중 아무것도 없다. 단층 주택 하나와 옆의 창고 건물 하나가 전부다. 샛길에는 중형 자동차 두 대가 주차되어 있고 현관 앞에서는 중년 여성 셋과 할머니가 기다리고 있었다. 나는 한눈에 친어머니를 알아봤는데, 둥그런 얼굴, 큰 콧방울, 짧은 턱, 내 얼굴에서 내가 싫어하는 특징이 고스란히 그녀 얼굴에 있었기 때문이다. 그녀는 내게 다가오지 못하고 물러서 있다. 앞을 부풀린 검은색 커트 머리. 진하게 그린 눈썹. 여름용 검정 반팔 정장을 입은 그녀는 다른 두 중년 여성에 비해 뭐랄까 너무 촌스럽고 경직되어 보였다. 어린 시절 내 상상 속에서 사랑하는 남자를 찾아 떠난 여자의 얼굴은 분명 아니다.

시골집 거실은 두 노인분만 살아서 그런지 자잘한 물건들로 어지럽고 소독약 냄새가 났다. 어색하게 서 있다가 소파 위로 쌓여 있는 전단지와 과자를 밀어내고 앉았다. 몸이 많이 아프셔서 언제 죽을지 모르겠다던 할머니는 정정해 보였고 내 기억 속에서 꽤 키가 컸던 할아버지는 작았다. 친어머니는 내 쪽으로 와서 나와 아들을 향해 말했다.

"절해야지. 절해. 할아버지한테 절해."

네에? 이렇게 말할 뻔한 것을 참고 못 들은 척했다. 내가 왜 절을 해야 하지? 핏줄이기 때문에 절을 해야 한다는 것일까? 누가 시켜서 하는 일은 더 하기 싫다. 나는 사별 이후로 가족 안에서 해야 할 의무나 관습은 거의 따르지 않는다. 아버지 제사에 참여하지 않고 남편 기일에 남편의 어머니 댁에 가지 않는다. 나의 어머니와 남편의 어머니는 무엇도 강요하지 않는다.

할머니는 내 옆에 앉아 내 손을 잡고 아이의 머리를 쓰다듬으며 말했다. "네 엄마가 너 보내고 얼마나 힘들었는지 아니? 내가 너 보냈다는 말 들었을 때 왜 보냈냐고 화를 냈다. 내가 키울 수도 있는데 왜 보냈냐고. 네 엄마가 너 다시 찾았다고 하면서 많이 울었어. 네 엄마가 지금 회사에서 부장도 하면서 사는 게 괜찮아. 너에게 해가 가게 하지는 않을 거야. 엄마! 엄마! 하면서 같이 밥도 먹고 여행도 다니고 그러면서 살아. 이렇게 다시 봐서 너무 좋다. 너 할머니 기억하지?"

"네, 기억나요. 마당에 흰 개 있던 거랑 강에서 다슬기 잡았던 거랑 할아버지 경운기 타고 강에 갔던 거 다 기억해요."

할머니는 내 옆에 앉은 아이에게 "내가 네 할머니야. 네 진짜 외할머니야"라고 했고 아이는 놀라서 눈이 동그래졌다. 나는 아이에게 어릴 적 같은 동네에 살던 할머니 집에 놀러 가는 것이라고만 이야기해뒀는데 처음 보는 할머니가 진짜 외할머니라고 하니 놀랄 수밖에. 언젠가 아들에게도 나의 어린 시절에 대해 설명하겠지만 지금은 아니다. 내가 눈썹을 찌푸리며 친어머니를 보자 그녀가 할머니를 말렸다. "애한테 그런 말은 하지 마세요. 애 헷갈려요."

곧 점심을 먹는다며 거실에 커다란 밥상이 차려졌다. 할머니, 친어머니, 이모 둘이 바쁘게 부엌과 상을 오가며 음식이 담긴 접시를 날랐다. 나는 잠시 접시를 날라야 할까 망설이다가 하지 않았다. 나는 손님이니까.

한쪽 벽으로 커다란 액자 두 개가 걸려 있다. 액자 안에는 한복을 입은 할아버지 할머니를 중심으로 중년 일고여덟 명, 청소년과 어린이가 열 명 가까이 있다. 액자 안이 웃는 사람들 얼굴로 꽉 찼다. 뒷배경으로 보아 할머니 할아버지의 칠순 잔치인 듯했고 내게는 텔레비전에서나 보던 대가족이다. 어렸던 동생과 나를 아버지 집에 팽개쳐놓고 이 대가족은 이렇게 서로 다정하고 친밀하다니. 나는 쌓였던 불만이 하나둘 떠올랐다. 친어머니에게는 부둥켜안고 울 수 있는 엄마가 있다. 그 엄마는 손녀를 걱정하는 듯 보이지만 실은 실의에 빠진 자신의 딸이 걱정이다. 나는 느껴보지 못했던 모녀의 애틋함. 친어머니는 내게서 그 애틋함을 앗아갔다.

커다란 상에는 반찬이 여럿 올라왔다. 할머니와 그의 딸들은 서로 이것은 누가 가져온 것이고 맛이 어떤지에 대해 말한다. 밥을 다 먹고 상을 치웠다. 막내이모가 할아버지에게 애교를 보인다. "아빠, 커피 타줘요. 아빠가 타준 커피가 제일 맛있더라." 할아버지는 불편한 다리를 살짝 끌면서 커피가 놓인 곳으로 가서 웃으며 종이컵에 믹스 커피를 부었다. 나이 들어도 다정한 아버지와 애교 많은 딸의 모습이다. 내 앞에서 꼭 저렇게 다정한 모녀라는 걸 뽐내고 싶은 걸까? 아니 이모의 평소 자연스러운 행동이겠지. 나의 자격지심일 뿐이다. 나는 아버지에게 커피를 타달라거나 무언가를 요구해본 적이 없다. 아버지는 늘 취해있었고 줄 수 있는 것이 술주정뿐이었으니까. 나는 친어머니의 원가족과 함께 있으면서 점점 심사가 뒤틀린다. 15년 전 돌아가신 아버지 생각이 났고 내게도 다정한 아버지가 있었다면 지금처럼 배배 꼬인 인간이 되지는 않았을 텐데.

친어머니가 나를 작은방으로 불러 가방에서 작은 사진 앨범을 꺼내 줬다. 동생과 내 사진을 지금까지 갖고 있었단다. 사진 속의 동생과 나는 시골 개천 한가운데서 까맣게 그을린 몸으로 발가벗고 있기도 하고 시골집 마루에서 생크림 케이크를 앞에 놓고 손뼉을 치기도 하고 어느 집 마당에서 세발자전거를 타기도 한다. 우리는 환하게 웃기도 하고 뚱한 표정을 짓기도 한다. 모두 기억나지 않는 장면이다. 나는 지금까지 어릴 적 사진은 몽땅 장마에 떠내려간 줄 알고 있었다. 그런데 여기 사진이 있고 사진 속 나는 앞으로 일어날 슬픈 일들을 모른다. 가슴이 저릿하다. 친어머니는 당신의 슬픔을 당신 어머니에게 털어놓을 수 있지만 나에게는 이 저릿함을 말할 사람이 없다. 친어머니가 "나는 네 어릴 때 모습이 그대로 보이는데 이렇게 커버려서 말을 건네기가 어렵네"라고 했다.

그리고 친어머니는 가방에서 돈 봉투 두 개를 꺼내 주면서 하나는 네가 드리는 것처럼 하면서 할머니를 드리고 또 하나는 내가 가지라고 했다. 내가 왜 거짓으로 할머니에게 돈 봉투를 드려야 하는지 모르겠지만 이 상황을 받아들이기로 한다. 내게도 돈을 주었기 때문에 거절하지 않고 받은 건지도 모르겠다. 나는 봉투를 할머니께 드렸고 할머니는 뭐하러 이런 것을 주냐면서 봉투를 받으셨다. 그러고는 주머니에서 다른 돈 봉투를 꺼내 내게 주셨다. 돈이 오가는 행복한 가족이다.

할머니는 장롱에서 가족 앨범을 꺼내 보여주셨다. 벽에 걸린 액자 속 사진이 있는 앨범이었다. 할아버지 칠순이었고 가족이 모두 모인 행사였다. 손주, 그러니까 친어머니의 아들이 스냅 사진을 찍어 앨범을 제작했단다. 앨범 마지막 장에는 손주들이 쓴 편지가 하트 그림 안에 적혀 있었다. 사랑하는 할아버지, 할머니로 시작하는 편지.

이제 그만 단출한 내 집에 가고 싶다.

화장실에 다녀와서 이제 그만 가보겠다고 했다. 친어머니와 이모들은 서로 먹을 것을 나누고 할머니는 창고에서 감자를 꺼내 나눠주셨다. 나는 감자가 담긴 상자를 트렁크에 실었다. 막내이모가 이렇게 헤어지기 아쉬우니 가까운 호수공원에 가자고 해서 각자 차를 운전해 갔다. 아이와 언젠가 놀러 와야지 했던 곳인데 이렇게 34년 만에 만난 사람들과 오게 될 줄은 몰랐다. 이모들은 나와 아이에게 자연스럽게 말을 걸고 사진을 찍는다. 우리는 언덕 위에 있는 호수에 대단한 무엇이라도 있는 양 열심히 걸었는데 나는 이 장면이 조금 우스웠다. 엉터리 연극 같다. 이런 식으로 서로 가까워질 수 있을까? 무엇을 위해서? 이모들이 앞으로 자주 보자며 각자 준비해온 돈 봉투를 주었다. 친어머니는 구두를 신어 불편한지 자꾸만 뒤처져 걷는다. 중간에 마트가 있어 친어머니가 생수를 사서 나눠줬다. 마트에는 기념품과 주걱도 있었는데 친어머니는 이모에게 "이 나무 주걱 사줄까?" 물었고 이모는 괜찮다고 대답했다. 자매들은 오랜 시간 무언가를 주고받았을 것이다. 사소한 물건, 애정, 수다, 위로.

친어머니에게는 그녀가 울 때 등을 도닥여줄 어머니가 있고 마음이 답답할 때 이야기를 들어줄 자매가 있다. 나는 갖지 못한 것을 그녀는 갖고 있다. 나는 왜 그녀가 외롭게 살고 있을 것이라 상상했을까? 그냥 그러기를 바랐던 건 아닐까? 어린 시절 나는 머리로는 친어머니가 자신의 행복을 찾아 떠난 것을 이해했지만, 마음으로는 원망했던 것 같다. 원망이 남아 있는 상태로 결혼하고 아이를 낳고 나이 먹느라 원망이 남아 있다는 걸 잊고 살았다. 다시 친어머니와 그녀의 원가족을 본 순간 원망이 되살아났다. 내게 원망이 남아 있구나. 그걸 알았으니 이제 그 오래된 원망을 흘려보낼 수 있겠지.

언덕 위 호수를 보고 집으로 돌아왔다. 아들과 나 둘뿐인 집. 조용하고 텅 빈 집. 나는 이곳이 좋다. 대가족은 내 취향이 아니야.

8장

세 여자의 자궁

몇 년 전부터 서서히 생리 양이 많아졌다. 나의 자궁은 고장난 수도꼭지가 되어 피를 1년에 열두 번 일주일씩 콸콸 쏟아냈다. 생리 중에는 이불에 피가 묻어서 꼭 이불 빨래를 해야 했고 자동차 운전을 한 시간쯤 하면 의자에 묻지 않을까 걱정되었다. 점점 소변이 자주 마려웠다. 중학교 때 생리를 시작한 뒤 내내 생리 양도 적고 생리통도 없었던 터라 몸의 변화가 적응되지 않았다. 앉았다가 일어서면 머리가 핑 돌고 생리 기간에는 자꾸 몸이 처져서 눕고만 싶다. 매일 피곤하다는 말을 달고 산다.

동네 산부인과에 가서 초음파 검사를 하니 의사가 자궁 안 근종이 커져서 자궁 내막을 누르고 있는 탓에 생리 양이 많아졌다고 한다. 당장 입원해서 근종 제거 수술을 받아야 하는데 입원 기간은 3박4일. 하지만 나는 첫 창작 그림책을 빨리 마감해야 했고 어린 아들은 나랑 떨어지려 하지 않아 수술을 미뤘다. 그렇게 일 년 동안 고장난 수도꼭지를 달고 살았다. 나중에는 하고 싶은 일이 아무것도 없고, 아니, 할 수 있는 일이 아무것도 없는 것 같아 문제는 정신이 아니라 몸이겠구나 싶었다.

우선 몸부터 고치자는 마음에 수술을 결심했는데 코로나 팬데 믹이 터졌고 병원은 위험한 곳이 되어버렸다. 다시 망설이다 가 의사를 가장 빨리 만날 수 있는 종합병원에 예약을 했다. 40 대 여자인 담당 의사는 내 자궁 초음파와 MRI 사진을 보고서 물었다.

　—근종이 크네요. 자궁 안이 전부 근종이에요. 혹시 출산은 하셨나요?

　—네, 아들 하나요.

　—또 출산 계획이 있으세요?

　—아니요.

　—그러면 자궁 적출 수술을 하는 것이 좋겠어요. 근종 크기가 커서 그것만 적출하긴 어렵고, 이번에 근종을 떼어낸다고 해도 다시 자랄 수 있어요. 난소는 남겨놓을 거라 수술 후 호르몬제 를 따로 드실 필요는 없습니다.

　내가 대답을 망설이자 의사는 혹시 꼭 자궁은 지키고 싶냐고 물었다. 그런 분들이 있으시더라고요 하며 슬쩍 웃는다.

　의사가 자궁 적출을 제안할 것이라고 예상하긴 해서 며칠 전 부터 인터넷으로 자궁 적출 수술과 자궁 근종 수술에 대해 찾 아봤고 꽤 많은 사람이 자궁을 소중히 여긴다는 것을 알게 되 었다. 의사가 자궁 적출을 권유하면 듣지 말고 근종만 제거하라는 내용의 글이 많았다. 어느 산부인과 홈페이지에는 '자궁은 여성의 상징'이라는 글과 함께 자궁 적출 수술 후유증으로 '자신감 감소, 상실감, 우울증'이 온다고 적혀 있었다. 적출 수술 대신 자기네 병원에서 레이저 시술로 근종을 제거하라는 광고 글이긴 했지만 교묘히 사람 마음의 약한 부분을 긁어댔다. 자궁은 정말 여성의 상징일까? 나는 그렇게 여성이고 싶은 걸까? 나에게 자궁은 뭐지? 맹장 수술이라면 이런 생각을 안 했을 텐데 자궁에는 다른 의미가 있긴 한 것 같다.

매달 피를 모았다가 밖으로 내보내는 일 말고 자궁은 내게 두 번 자신의 존재를 확인시켰다. 한 번은 9년 전 아이를 임신하고 출산했을 때. 거의 매달 산부인과에 가서 자궁 내막에 착상된 수정란이 변화하는 모습을 봤다. 이 시기에 내 자궁은 가장 활발하게 어렵고 신비로우며 아름다운 일을 해냈다. 그래 자궁, 너 수고했다.

또 한 번 내 몸에 자궁이 있다는 것을 확인한 사건은 17년 전에 있었다.

나는 임신 중절 수술을 했다. 처음 사귄 애인과 관계 후 임신이 아닐까 매일 걱정하다가 헤어졌기 때문에 임신에 대한 공포가 있었다. 그래서 그다음 애인부터는 꼭 콘돔을 사용했고 콘돔이 없으면 섹스를 안 했다. 그러니까 그 17년 전의 임신은 기막힌 사고였다. 2년 동안 사귄 애인이었고 이전에는 늘 안전하게 피임을 했다. 하지만 그날 밤 섹스 후 콘돔이 찢어졌다는 것을 알았고 당시에는 사후 피임약이 있다는 것을 몰랐다. 생리 예정일이 지나도 하지 않아 테스트기로 검사했더니 임신이었다. 나는 굉장히 놀랐고 두려웠고 어찌해야 할지 몰랐다. 겨우 대학 4학년생인데, 그것도 아주 어렵게 등록금을 마련해서 다닌 대학인데 아이를 출산하면 내 인생은 끝이다. 찢어진 콘돔 때문에 인생을 망하게 할 수는 없다. 병원에서 일하던 친한 친구에게 전화해서 상황을 이야기했고 중절 수술이 가능한 병원을 알고 있는지 물었다. 이튿날 친구가 알려준 병원에 가서 검사를 받았고 의사는 임신 3주라 아기집이 생기지 않았다고 했다. 병원을 나와 애인에게 전화를 걸어 임신이라고 말하며 내가 있는 곳으로 오라고 했다. 우리는 카페에서 만나 어떻게 할지 상의했고 애인은 내 의견대로 따르겠다고 했다. 나는 중절 수술을 받고 싶다고 말했다.

애인과 같이 병원에 가서 수술 예약을 하고 다음 날로 잡힌 수술 날도 같이 갔다. 병원 대기실에는 두 명의 여자가 따로 앉아 있었다. 한 명은 나보다 어려 보이는 여자, 다른 한 명은 40대로 보이는 여자. 그 둘은 다 혼자였다.

수술 가운을 입고 다리가 벌어지는 의자에 앉아서 마취가 되기를 기다리는 동안 중학교 때 선생님이 보여준 중절 수술 과정 영상이 떠올랐다. 명칭은 성교육이지만 실제로는 임신 중절 수술에 대한 공포와 죄책감을 심어주는 내용이었다. 1970년대

쯤 제작된 건지 흐릿한 흑백 영상 속에서 자궁 안에는 머리, 팔다리가 갖춰진 작은 아기 모양이 있다. 의사는 자궁 안으로 집게와 가위를 넣어 아기 모양을 잘라서 꺼낸다. 아기 모양은 움직인다. 영상은 임신 중절 수술이 살인과 같다고 말하면서 끝난다. 임신 몇 주에 아기집이 생기는지, 심장과 팔다리는 언제 생기는지는 자세히 설명하지 않는다. 그 흑백 영상을 떠올리고 싶지 않았지만 머릿속 고장난 영사기는 계속 돌아갔다.

지금이라도 수술 의자에서 내려와야 하는 것이 아닐까? 내가 무엇을 하려는 건지 혼란스러웠다. 내 자궁 안에 있는 것은 수정란, 단지 세포일 뿐이다. 생명이 아니야. 흑백 영상의 망령과 내 목소리는 싸웠고 내가 왜 나 자신과 싸워야 하는지 왜 죄책감을 느껴야 하는지, 중학교 때 잘못된 성교육 화면을 보여준 선생님에게 욕을 하고 싶었다.

수술 후 깨어보니 침대가 세 개 있는 회복실의 가운데 침대에 누워 있었고 양쪽 침대에는 아까 대기실에서 보았던 여자 두 명이 있었다. 나는 아파서 소리를 질렀다. 왜 이렇게 아픈지, 뭔가 잘못된 것인지 두려웠다.

몸을 일으킬 수 있을 때쯤 애인의 부축을 받아 병원 밖으로 나왔다. 애인은 병원 근처에 여관을 잡아서 나를 눕혔다. 나는 울었다. 아파서 울기도 했지만 중절 수술을 하지 않았다면 내 배 속의 씨앗은 자라서 아기가 될 수 있었겠지 하는 생각에 울었다. 다음에, 다음에는 우리 아기를 낳자. 애인과 그런 이야기도 했던 것 같다. 이성과 감정이 마구 뒤엉켜서 올바른 생각을 하지 못했다.

내가 중절 수술을 했다는 이야기는 얼마 전까지 비밀이었다. 비밀을 알고 있는 사람은 병원을 알려준 친구와 애인뿐인데, 그 애인은 10년 후 나와 결혼을 하고 암으로 세상을 떠났다.

아이가 유치원에 다닐 때쯤 동네 엄마들과 이야기를 하다가 한 사람이 중절 수술을 한 경험을 이야기했고 또 한 사람도 경험이 있다며 이야기를 꺼냈다. 나는 꽤 많은 사람이 중절 수술을 했다는 사실에 놀랐고, 나는 비밀로 품고 있는 이야기를 그녀들은 스스럼 없이 말해서 더 놀랐다. 하지만 나는 듣기만 하고 내 경험을 말하지 않았다. 여성의 신체에 대한 자기결정권을 지지한다고 말하면서도 내 경험은 숨겨왔던 것이다. 중학교 성교육의 망령이 내 입을 틀어막고 있었다.

2019년 4월 헌법재판소에서 낙태죄에 대해 헌법불합치 판결을 내렸다. 관련 기사와 원치 않는 임신으로 고통을 겪은 여자들의 이야기, 자신의 중절 수술 경험을 쓴 글을 읽으면서 내게 죄책감을 느끼게 했던 망령이 힘을 잃는 것을 느꼈다. 나 혼자만의 문제가 아니다.

지인과 대화하던 중 우연히 내가 중절 수술한 경험을 말했고 그렇게 자연스럽게 말할 수 있는 나 자신에게 놀랐다. 망령아! 이제 그만 꺼져라.

나는 이제 자궁이 없다. 여성의 상징이 없어진 셈인데 자궁이 여성의 상징이라면 그딴 여성은 안 하고 싶다. 자궁을 여성의 상징이라고 하는 것은 여성이 출산을 위해 존재한다는 말과도 같다. 나는 자궁 적출 수술을 하고 얼마 후 친어머니와 법적인 관계를 끊고 새어머니에게 입양되었다. 상징적인 탯줄을 끊고 나의 선택으로 새로운 가족 관계를 맺었다.

미용실에서 파마를 하다가 중년 여자 손님과 미용사가 하는 이야기를 의도치 않게 엿들었다. 상가 골목에서 2년 전 사별하고 혼자 애 키우면서 식당을 운영하는 여자가 있는데 어떤 남자 손님이 오면 자꾸 그 옆에 앉아서 어울린다는 거다. 다른 손님이 불러도 남자에 정신이 팔려서 신경도 안 쓴단다. 둘 다 아주 신이 난 목소리다. 나는 얼굴이 뜨거워졌다. 내가 그 식당 주인은 아니지만 나도 혼자 애 키우는 여자니까 누군가는 나를 두고 저런 식으로 얘기할 수 있겠구나 싶었다. 나야 괜찮지만 편견 어린 소문이 내 아이에게 피해를 입힐까봐 걱정되었다.

아이가 초등학교에서 '아빠와 호수 둘레길 걷기' 행사를 주말에 한다는 안내문을 가져왔다. 그럼 아빠가 없는 학생은 어떻게 하라고? 안내문 하단에 아빠가 참가 못 하는 학생은 다른 가족과 참가해도 된다고 작은 글씨로 적혀 있다. 처음부터 제목을 '가족과 호수 둘레길 걷기'라고 하면 될 것을 왜 아빠를 강조했을까? 평일에는 주로 엄마가 아이를 돌보니까 주말에는 아빠가 아이와 함께하라는 취지겠지만 아빠가 없는 학생들을 배제한

행사 제목은 옳지 않다. 학교에서는 학생들에게 다문화 가족과 다양한 형태의 가족에 대해 알리고자 나와 다른 사람을 차별하지 말라고 가르친다. 손가락질하고 놀리는 것만 차별이 아니다. 곁에 있는 사람을 없는 사람 취급하는 것도 차별이다. 하지만 나는 학교에 항의하지 못했다. 선생님에게 까다로운 학부모와 학생으로 찍히고 싶지 않고 무엇보다 다른 할 일이 너무 많다. 이런 일이 한두 번도 아니고.

아이가 다섯 살 때 유치원 여름방학이 끝날 무렵 방학 숙제를 하려고 숙제 가방을 열었다. '아빠랑 캠핑 가자'라는 제목의 그림책을 복사해서 스프링 제본을 한 것이 있다. (그림책은 4인 가족이 캠핑을 떠나는 내용으로 아빠랑만 가는 건 아니다.) 복사한 그림책을 읽고 여름에 놀러 갔다 온 경험을 뒤 페이지 빈 공간에 사진으로 붙이거나 그림으로 그리는 숙제다. 출판사에 허락을 받고 복사했는지도 의심스러울 뿐 아니라 왜 굳이 아빠와 캠핑 가자라는 제목으로 숙제를 냈는지 유치원에 따지고 싶었다. 이걸 숙제로 받아왔을 아이를 생각하니 마음이 아팠다. (아직 글씨를 못 읽어 다행이라 해야 하나.) 나는 서랍에서 흰 종이와 내 고가의 그림 장비를 꺼내서 '엄마랑 캠핑 가자'라고 제목을 적고 바다에서 아이는 튜브를 타고 나는 튜브를 미는 그림을 그렸다. 귀엽고 예쁘고 사랑스럽게 완성되었다. 갈고닦은 내 그림 실력이 이런 데 쓰일 줄이야. 새로 만든 표지를 유치원에서 가져온 숙제 위에 붙이고 뒷부분에 바다와 계곡에서 놀았던 사진을 붙였다.

　이듬해에 아이가 뛰어놀기 좋게 운동장이 큰 유치원으로 옮겼다. 어느 날 아이가 과제물을 가져왔다. 종이에 '우리 가족을 소개합니다'라는 제목으로 커다란 원 네 개가 같은 크기로 있고 각각의 원에 '엄마' '아빠' '나' '형제자매'가 소제목으로 적혀 있다. 원 안을 채워가는 숙제인데 우리 가족은 아이와 나뿐이라 나머지 원 두 개는 빈자리로 남겨놓아야 한다. 빈자리는 있어야 할 누군가가 없다는 표시다. 그러잖아도 집에 놀러 오는 아이 친구마다 너는 왜 아빠가 없냐고 물어봐서 아이를 슬프게 하는데 유치원 숙제까지 아빠의 상실을 드러나게 하다니. 구성원이 네 명인 가족도 두 명인 가족도 나름대로 살아간다. 어느 가족이 충만하고 어느 가족이 외로운가는 가족 구성원의 숫자와 상관없다. 나는 어떻게 해야 할지 잠시 망설이다가 아이에게 아빠나 엄마, 형제자매가 없는 어린이도 있는데 이런 식으로 원 네 개를 그린 건 선생님 실수라고 설명했다. 나는 빈 종이를 가져와 커다란 동그라미 두 개를 그리고 각각의 동그라미에 '엄마' '나'를 적고 아이와 둘이 그 안을 채웠다. 밤까지 불편한 마음이 가시지 않아 페이스북에 유치원에서 준 숙제를 사진으로 찍어 올리고 내 생각을 적었다. 다른 사람의 의견을 듣고 싶었다. 내가 너무 예민하게 따지는 건 아닐까. 차별 안에서 오래 지내면 오히려 차별받는 자의 시선을 의심하게 되는 듯하다. 내가 올린 게시물을 보고 한 선생님이 교육 잡지에 이미지를 사용해도 되냐며 메시지를 보내왔다. 한부모 가족 차별에 대한 칼럼을 쓰는 데 사용하고 싶다고 했다. 나는 재활용 상자에 넣었던 과제물 종이를 찾아서 스캔해 그 선생님에게 메일로 보냈다.

유치원 가족 운동회 때의 일이다. 아이들끼리 하는 게임이 끝나고 부모와 함께 하는 게임이 시작됐다. 진행자가 외쳤다. "청팀 백팀 서로 모자를 뺏는 게임입니다. 끝나고 모자가 많이 남는 팀이 이기는 거예요. 아버님들 아이 목말을 태워주세요. 어머님들은 아이를 업어주시고요." 나는 아이를 업고 게임에 참가했고 자기 아이를 목말 태운 아빠가 내 쪽으로 다가왔다. 당연히 키가 훨씬 큰 상대가 유리하다. 이러다 모자를 뺏기겠다 싶은데 그러고 싶지 않았다. 없던 승부욕이 불타올랐다. 거의 1년을 어깨가 아파서 한의원에서 침을 맞고 도수 치료를 받던 중이었지만 이를 악물고 아이를 들어 어깨 위에 올렸다. 으윽, 입에서 저절로 신음이 나왔다. 아이가 두세 살 때는 가끔 목말을 태웠지만 여섯 살은 내게 너무 크고 무겁다. 키가 커진 아이는 신이 나서 맞은편 아이의 모자를 빼앗았다. 게임에서 이겼는지 졌는지는 모르겠다. 운동회 폐회식 때 교장 선생님이 이긴 팀과 진 팀에게 각각 상을 주고 가족이 여러 명 온 아이에게도 상을 주겠단다. 다섯 명 온 아이 손! 여섯 명 아이 손! 일곱 명 아이 손! 숫자를 올려가면서 시간을 끌었다. 가족이 많으면 다복한 거고 적으면 다복하지 않다는 건가? 너무 따지지 말아요. 그냥 웃자고 하는 게임이에요. 누군가는 내게 그렇게 말할 수도 있다. 하지만 대체로 게임의 룰은 소수자에게 불리하고 게임에서 계속 지면 결국 게임에 참여하고 싶은 마음이 사라지거나 아예 참가가 불가능해질 텐데 그걸 알면서도 웃음이 나올 리 없잖아요. 말할 사람이 없어서 혼자 질문하고 혼자 대답한다.

집에 돌아와 아이에게 TV를 틀어주고 나는 이불 위에 뻗어버렸다. 아직까지는 이렇게 아이를 목말 태울 수 있지만 아이가 더 크면 나는 더 이상 아이를 위해 뭔가를 해줄 수 없게 되겠지.

내가 어릴 적 새어머니는 자신이 새어머니인 것을 사람들에게 숨겼다. 사람들이 나쁘게 본다고 했다. 나 역시 친구들에게 내 부모의 이야기를 하지 않았다. 어른들은 이혼, 재혼 가정이 불우하고 불우한 가정에서 자란 아이는 성격이 삐뚤어진다고 쉽게 말했다. 나는 사회의 편견으로부터 스스로를 보호하기 위해 자신을 숨겼다. 나를 무시하는 사람은 같이 무시해주겠다는 생각으로 사회에서 일어나는 일들에 무관심해졌다.

학교와 유치원에서는 부모가 모두 있는 다수의 학생을 대상으로 행사를 계획하고 숙제를 준비하느라 다른 가족 형태의 학생들을 고려하지 못하는 실수를 저질렀을 수 있다. 다만 그 실수가 반복되지 않기를 바란다. 지금에 와서 생각하자니 한부모 가족으로 차별을 느낀다는 이야기를 할걸 그랬다. 실수가 반복된다면 침묵한 나도 어느 정도 책임이 있다.

아이가 네 살 때쯤 놀이터에서 처음 만난 말 더듬는 형을 보고 나이가 많은데 왜 말을 더듬냐고 물었다. 나는 아이에게 귓속말로 그런 건 물어보면 안 된다고 그만하라고 했다. 집에 와서 아이를 앉혀놓고 설명했다. "누가 너에게 왜 아빠가 없냐고 물어보면 기분 나쁘잖아. 그런 것처럼 그 형도 자신이 대답하고 싶지 않은 일을 누가 물어보면 기분 나쁠 거야." 아이는 언어장애에 대한 편견이 있어서가 아니라 단순히 궁금해서 물어봤을 것이다. 나 역시 나도 모르게 누군가에게 상처 주는 말을 한 적이 있겠지. 나와 많은 것이 다른 타인에 대해 지식이 없으면 편견을 갖기 쉽고 편견은 차별로 이어진다. 내가 사회를 바꿀 수는 없지만 나 한 명과 아이 한 명은 바꿀 수 있지 않을까?

2020년 여름 전주에 있는 작은 책방에서 북토크를 하자는 연락이 왔다. 아들을 맡길 곳이 없어 데려가도 괜찮겠냐고 물었더니 괜찮단다. 시간은 오전 10시. 집에서 전주까지 자동차로 3시간 반이 걸리는데 아침에 3시간 반을 운전해서 갈 자신이 없었다. 나는 남편이 항암치료를 하던 시기에 운전을 해야 해서 급하게 2주 만에 면허를 땄다. 사별 후에는 집에 있으면 자꾸만 우울해져 어린 아들을 데리고 자동차로 여러 곳을 다녔는데 가장 멀리 간 곳이 청평, 파주로 경기도를 벗어난 적은 없다.

아들을 태우고 전주까지 운전할 생각을 하니 사고가 날까봐 겁이 났다. 전주까지 우리 모자가 타고 갈 자동차는 남편이 결혼 1년 전에 구입한 것으로 스파크 경차이고 10년을 탔다. 운전을 잘하는 동네 친구에게 경차로 전주까지 갈 수 있는지 물었다.

"그럼, 바퀴만 있으면 다 가지."

그렇구나, 굴러만 가면 되는구나. 한동안 그 친구의 말이 떠올랐다. 예전 장영희 교수의 에세이에서 읽은 내용인데 교수님이 몸이 아파 누워 상심해 있으니 어머니가 그런 말을 했다고한다. "뼈만 추스르면 살 수 있다." 사람은 뼈만 추스르면 살 수있고 자동차는 바퀴만 있으면 갈 수 있다. 단순하게 생각하면단순하게 살 수 있는 삶이다. 나는 자동차 정비소에 들러서 타이어를 새것으로 교체하고 엔진오일을 갈았다. 워셔액을 채워넣고 와이퍼를 교체했다.

다음은 숙소 예약. 나는 이전까지 숙소를 예약해본 적이 없다. 결혼 전에는 애인이, 결혼 후에는 남편이 했다. 동네 엄마,아이들과 몇 번 여행을 가긴 했는데 그때도 친구가 예약을 했다. 나는 숙소를 호텔로 할지 모텔로 할지 며칠 밤 인터넷 검색을 하고 리뷰를 찾아 읽다가 전주 한옥마을과 가까운 호텔로예약을 했다. 내 힘으로 가는 첫 여행이니까 큰 숙소로 하자 싶었다. 내가 전주를 향해 운전하는 동안 아들은 뒷좌석 카시트에앉아 노래를 들으며 기분이 들떴다. 고속도로 휴게실에서 사발면을 사 먹고 전주에 도착해 호텔에 짐을 풀고 한옥마을에 가서 아이 손을 잡고 여기저기 구경을 했다. 코로나19 때문에 식당에는 들어가지 않고 음식을 사와 공원 벤치에서 먹었다. 닭꼬치를 처음 먹는 아들은 너무 맛있다고 다음에 또 먹자며 신나했다. 만두까지 사 먹고 숙소로 돌아와 씻고 잤다. 이튿날 북토크를 잘 마치고 다시 자동차 바퀴를 굴려서 집으로 돌아왔다.

그렇게 여행을 다녀온 후로 자신감이 생겼다. 어차피 코로나 때문에 아이는 학교에 가지 않는 시절이니 마음만 먹으면 어디든 갈 수 있다. 제주도에서 1~2년 살아볼까? 매일 밤 고민만 하고 있을 때 제주도에서 사는 지인이 자신이 집을 보름 동안 비우니 와서 지내라고 했다. 절묘한 타이밍이다. 내가 제주살이를 생각하고 있는 걸 지인은 알지 못했는데 어떻게 나에게 그런 제안을 했을까? 운명은 믿지 않지만 우연들이 모여 나에게 떠나라고 말하는 듯했다. 비행기와 렌터카를 예약하는 일도 처음이고 캐리어도 처음 사보았다. 처음으로 아이와 제주행 비행기를 탔다.

하면 할 수 있구나. 돈이 없어서, 여자니까, 아이를 혼자 키우는 엄마니까 할 수 없다고 여긴 일이 많았구나.

친어머니에게 전화가 왔다. 외할머니가 내게 전화를 여러 번 했
는데 안 받는다며 무슨 일이 있는지 걱정돼서 전화를 했단다.
무슨 일은 없고 전세 만기라 제주도 시골로 이사 준비를 하느
라 바빴다고 대답했다.

"어린애를 전학시키면 어떡하니? 애들은 전학 다니면 힘들어
해. 애를 봐서 그냥 근처에서 살면 안 되니?" 나는 그녀의 말에
헛웃음이 나왔다. 어머니라는 이름이 붙으면 다 참견이 하고 싶
은 걸까.

외할머니의 전화를 받지 않은 것은 발신자 차단을 했기 때문
이다. 매일 저녁 전화해서 일은 있니, 저녁은 뭐 해먹었니, 애는
잘 먹니, 꼬치꼬치 물어보는 것도 피곤하고 친어머니가 나 때문
에 많이 슬퍼하고 보고 싶어하니까 전화해서 만나라는 말도 듣
기 싫었다. 저는 할머니 따님 걱정까지 할 여유가 없어요. 외할
머니를 다시 만나기 전까지 어린 시절 외할머니에 대한 아름다
운 추억이 있었는데 할머니가 당신 딸 걱정만 해서 추억에 금
이 가버렸다. 어쨌거나 친어머니에겐 다정한 엄마가 있어 다행

이다.

집으로 냉동 고등어, 갈비탕 간편식, 사과, 천혜향이 두 달에 한 번 간격으로 택배 상자에 담겨 배달됐다. 보낸이에 친어머니 이름이 있다. 나는 고맙다는 말과 함께 이제 이사를 가니 부치지 마시라는 문자를 보냈다. 그녀가 이사 가기 전 한번 볼 수 없냐고 물어서 그러겠다고 했다. 내 아버지는 친어머니, 새어머니 두 분의 인생을 꼬이게 만들었고, 친어머니 편지를 받고 나서는 아버지가 더 괴물처럼 느껴졌다. 아버지는 이 세상에 없어 변명을 할 수도 없을 테니 친어머니에게 그에 대한 이야기를 조금은 듣고 싶었다.

친어머니는 저녁 6시에 반들거리는 제네시스를 몰고 우리 집 앞에서 기다리고 있었다. 지난번에 만났을 때 차를 바꿀 거라고 하더니 바꿨나보다. 보험사 관리직이라는 위치 때문에 고급 차가 필요한 걸까? 그녀는 목 부분이 모피로 둘러진 고급 코트를 입었다. 나도 모르게 10년째 같은 옷을 입고 버스를 타고 봉제 공장을 오가는 새어머니와 비교하고 있었다. 나는 근처 저수지에 있는 식당으로 가자고 했다. 아들이 이 상황을 이상하게 여기지 않도록 차를 타고 가며 평범한 날씨 이야기를 했다.

식당에는 손님이 거의 없었다. 구석의 작은 방으로 들어가 식사를 주문하고 친어머니와 마주 앉았다. 내 앞에 앉은 여자는 나를 낳은 사람이고 나와 얼굴이 비슷한데 아무 상관없는 사람으로 보인다. 입양 문제만 아니었다면 이렇게 마주할 일이 없었 겠지. 한편으로는 나의 과거와 마주앉은 기분이다. 옆에서 아이 가 심심하게서 밥 먹기 전까지 가져온 게임기를 하라고 했다. 온 세상이 입을 다물고 있는 것처럼 조용하다. 침묵이 어색해 무슨 말이라도 할까 하다가 아무 말도 하지 않았다. 억지로 말 하지 않아도 괜찮다. 나는 친어머니에게 진 빚이 하나도 없으니 까. 음식이 나오고 밥을 먹었다.

친어머니가 먼저 입을 열었다.

"이사는 언제 하고?"

"2월 말에 해요."

"짐은 어떻게 해?"

"버릴 건 버리고 가져갈 건 택배로 보내고 나머지는 시어머 니랑 엄마 집에 둘 거예요."

내 입에서 엄마라는 단어가 나왔을 때 친어머니의 눈빛이 흔 들렸다.

그녀는 내게 많이 힘들었냐고 물었다. 그녀는 힘들었냐고 물 어본 것뿐인데 나는 어린 시절 자신이 떠나버려서 힘들었냐고 물어보는 걸로 받아들였다.

"네, 힘들었어요. 다른 것보다 아빠가 술을 너무 많이 마셔서 힘들었어요. 때리진 않았는데 매일 술 마시고 밤새 주정하고 직장도 안 다녔어요. 엄마가 봉제공장에서 번 돈으로 살았어 요. 엄마가 저 미술학원비랑 등록금 내줘서 대학까지 갈 수 있었어요."

친어머니는 그럴 수는 없겠지만 만약 혜숙을 한 번 만날 수 있다면 아이들을 잘 키워줘서 고맙다는 말을 꼭 전하고 싶다고 했다.

"아버지는 어떤 사람이었어요?" 나는 궁금했던 질문을 했다.

"네 아버지도 알고 보면 불쌍한 사람이야. 네 친할아버지가 옛날에는 꽤 부자였어. 그 동네에 땅도 있고 이발소를 세 개나 가지고 있었어. 나도 그때 같이 살고 있어서 알아. 그런데 어느 날 네 할머니가 이발소의 젊은 직원이랑 바람이 난 거야. 직원이 잘생겼었어. 자기 남편 버리고 이발소 직원이랑 살림을 합쳤어. 네 아버지랑 나도 어머니 집에서 살았어. 네 할아버지는 다른 곳에 사시다가 돌아가셨고. 그래서 네 아버지가 자기 어머니를 많이 미워했지." 나는 처음 듣는 이야기다. 친어머니는 말을 이었다.

"네 아빠가 잘 키우겠다고 해서 그럴 줄로만 알았어. 편지에도 썼지만 너희 큰아빠가 내 돈을 많이 가져갔어. 그래서 너희도 잘 보살펴줄 줄 알았어. 네 외할머니가 너희를 키우겠다고도 하셨는데 그때는 형편이 어려우셨고 너희가 시골에서 자라면 나처럼 초등학교밖에 못 나올 거 같았어. 나처럼 되지 않으려면 서울에 있는 학교를 다녀야 한다고 생각했지."

나는 어릴 적에 그게 의문이었다. 친어머니가 돈이 없어서 동생과 나를 키울 수 없었다면 할머니 집에서 살면 되는데, 할머니 집에서 나는 행복했는데 왜 아버지 집에 보내져야 하는지 몰랐다. 시골이라 가까운 초등학교가 없다 해도 아랫마을에 또래 아이들이 살고 있었고 방법이 아예 없지는 않았을 텐데 말이다. 친어머니가 초등학교밖에 나오지 못한 것도 처음 알았다.

"그런데 왜 아빠랑 결혼한 거예요?" 나는 또 아버지에 대해 물었다.

"이건 누구한테도 말한 적 없는데, 내가 스무 살 때 제과공장에 다녔어. 그때는 나도 괜찮았어. 결혼할 사람도 있어서 같이 외국에 가려고 했지. 그러다 길을 가는데 네 아빠가 기타를 가르쳐준다는 거야. 방에 따라 들어갔어. 근데 그 후로 문을 안 열어줘. 나를 못 가게 막고. 며칠을 방에 갇혀 있었어. 내가 집에 갔다 오겠다니까 머리를 밀면 보내주겠대. 그래서 머리를 밀고 집에 갔어."

"아, 그럼 그 남자랑 결혼은 하지 말았어야죠. 그건…… 범죄잖아요."

친어머니는 잠시 뜸을 들이다 말했다. "근데 네가 생겨서 결혼했어."

나는 머리에 뭔가 한 대 맞은 듯했다. 내가 친어머니 삶에서 불행의 씨앗이라니. 나는 내가 태어나서 좋다. 그런데 친어머니 입장에서 나는 태어나지 말았어야 하는 존재다. 나는 아버지에 대해서 궁금한 게 있었고 내가 어떻게 태어났는지 알고 싶었는데 진실을 알게 되어서 좋은가? 아버지 집을 나온 날 새어머니와 처음 술을 마시면서 나는 새어머니에게 어쩌다가 아버지 같은 사람과 결혼했는지 물었다. 그녀는 공장의 경리로 있었는데 그때는 아버지가 유부남이라는 사실을 몰랐고 억지로 자신을 범해서 결혼했다며 한숨 섞인 목소리로 대답했다. 새어머니는 '범하다'라고 표현했지만 그건 명백히 성폭행이고 아버지는 첫 번째 아내와 결혼한 방식으로 두 번째 아내와도 결혼했다. 나는 조금이라도 아버지를 이해하고 싶었는데, 아버지도 사회의 잘못된 관습 때문에 자신의 인생을 망쳤다고 여기고 싶은데, 아버지가 나쁜 놈이라는 건 부정할 수 없는 사실이다. 아버지를 미워하기가 왜 이렇게 어려운 걸까. 내가 아버지와 연결되어 있다는 생각 때문일 것이다. 그 지긋지긋한 핏줄로. 나는 곧 스스로에게 평정심을 되찾고 생각을 하라고 명령했다. 부모 일과 내 일을 혼동해선 안 된다. 내게 그 정도 분별력은 있다. 인간의 불행은 내 일과 타인의 일을 혼동하는 데서 비롯되곤 한다.

친어머니는 식사를 하면서 편지에 적었던 내용을 한 번 더 말로 전했다. 나는 친어머니 편지를 처음 받고 내용이 놀랍기도 했지만 그녀가 편지를 꽤 잘 써서 놀랐다. 몇십 년이 지난 일을 구체적으로 적었고 자신의 감정보다 사건 위주로 글을 서술했다. 그녀는 나와 같이 살 때까지만 해도 빈민층이었고 지금은 일흔 가까이 되는 노인이라 이만큼 글을 잘 쓰기 쉽지 않을 텐데 이상했다. 친어머니가 편지에 적은 내용을, 또 이야기하는 모습을 보면서 이유를 짐작할 수 있었다. 친어머니는 그때 일어난 일을 여러 번 회상하고 글로도 적었을 것이다. 편지 말미에 그녀는 자신을 "이 세상에 인간으로 태어나 인간으로서 해서는 안 될 용서받을 수 없는 잘못을 했어"라고 적었다. 오랜 시간 죄책감으로 괴로워했고 그 죄책감을 덜기 위해 무엇이라도 했을 것이다. 말이든 글이든. 사실 친어머니가 그렇게 큰 죄책감을 가질 이유는 없는데. 잘못은 아버지와 큰아버지가 한 건데 그 두 남자는 자신이 어떤 잘못을 했는지 알기나 할까? 죄책감으로 괴로워한 적이 조금이라도 있을까?

다 지난 일이다. 식사는 끝났고 나는 이제 집에 가고 싶다. 그리고 친어머니에게 너무 죄책감을 갖지 말라고 말하고 싶다.

"저희 말고 다른 아이들도 낳으셨잖아요. 모두 편안하셨으면 좋겠어요."

새어머니는 내가 자신의 두 자녀를 궁금해한다고 여긴 건지, 아니면 자랑을 하고 싶었던 건지 문득 스마트폰을 꺼내 두 자녀의 사진을 보여주었다. 딸은 외국계 기업에 다니고 아들은 공무원이라고, 둘 다 공부를 잘했고 딸은 외국에서 공부를 하고 왔다고, 둘이 아파트를 구해서 같이 산다고 했다. 나는 보고 싶지 않았지만 사진을 보면서 아, 예쁘고 잘생겼네요, 이 말을 해버렸고 그와 동시에 기분이 나빠져 무의식중에 상대에게 상처 줄 만한 질문을 했다.

"근데 왜 남편이랑 이혼하셨어요?"

"그게…… 내 운명이 그런 건지, 친구가 자기 남편이랑 별거

해서 우리 집에 와 살던 때가 있었거든. 내가 불쌍한 친구 돕겠다고 그런 건데. 어느 날 집에 오니까 남편이 그 친구랑 이불에서 그러고 있더라. 그래서 이혼했어."

아이고, 나는 속으로 탄식을 했다. 얼마 전 친구가 하소연하기를 자기 집에 친한 친구가 놀러 와 밤에 손님방에서 잠을 재웠는데 남편이 몰래 친구의 몸을 만져서 그걸 보고 기겁했다고. 이혼하려고 했지만 자식 때문에 못 했다는 이야기가 생각났다. 세상에 나쁜 놈들은 왜 이렇게 많은 걸까? 같은 종류의 나쁜 짓이 왜 이리 반복될까? 나는 화제를 돌리기 위해 이혼하고 어떻게 두 자식을 키울 수 있었는지 물었다.

"내가 한 번 경험이 있잖아. 그래서 얘네들은 무조건 내가 키워야겠다고 생각했지. 그때는 다니던 직장도 있었고 내가 직장가 있는 동안 낮에 교회에서 애들을 봐줬어."

친어머니는 동생과 나를 아버지에게 맡기고 난 후 돈을 벌어야겠다고 생각했단다. 초등학교밖에 졸업을 못해서 취직이 어려워 가짜로 고등학교 졸업장을 만들어 회사에 취직했는데 글솜씨가 좋아서 광고 카피도 만들고 브로셔 문구도 만들고 해서 금방 자리를 잡았단다.

나는 수필집과 그림책을 출판했다고 말하고 다음에 내는 산문집에 친어머니의 편지를 실어도 되는지 물었다. 그녀는 망설이다가 자신이 해줄 수 있는 일이 그뿐인 것 같다며 허락했다. 건강히 지내시라는 말을 마지막으로 하고 나는 나의 집으로 그녀는 그녀의 집으로 돌아갔다. 집에 오자마자 그녀에게 전화가 왔다. "아까 못 한 말이 있어. 우리 집 사람들이 모두 당뇨에 걸렸어. 나는 안 걸렸는데 네 할아버지랑, 이모, 삼촌이 당뇨야. 너도 당뇨를 조심해야 돼." 네, 네, 알겠습니다.

나는 친어머니를 오랜 시간 오해하고 있었다. 그녀는 자식을 버리지 않았다. 친어머니가 자식과 연락을 끊은 이유는 선택이 아니라 경제적 어려움과 더불어 자신이 계속 연락하면 새어머니가 아이를 구박할 것이라는 사회적 편견 때문이었다. 만약 친어머니가 한부모 가정으로 나라의 도움을 받을 수 있었다면 나를 떠나지 않았을 수도 있다. 만약 지금 같은 시대였다면 이혼을 했어도 한 달에 한두 번 자식을 만나고 전화를 했을 수도 있다. 그렇다면 나는 좀 덜 불행했을까? 그건 확신할 수 없지만 친어머니에게 버림받았다고 낙인찍고 그걸 지우기 위한 노력은 하지 않았으리라는 건 확실하다.

제주도로 이사를 결정하고 살 집을 계약했다. 남은 과제는 이삿짐. 포장이사를 하면 왕복 700만 원이 넘는다. 우리 집 살림을 다 새로 구입해도(책 빼고) 그 돈이 안 될 텐데. 인터넷으로 제주 이사, 제주 일년살이를 검색했더니 이삿짐이 적으면 택배로 보내도 된단다. 버릴 건 버리고 중고로 팔 건 팔고 나머지는 택배 상자에 담아서 어머니와 시어머니에게 맡겨두는 방법이 가장 돈이 적게 든다.

집에서 가장 비중이 큰 짐은 책이다. 남편과 내가 사들인 책들. 거실과 방 두 개 책장에 빽빽이 꽂혀 있고 드레스룸에도 가득 쌓여 있다. 내가 산 책은 크게 마음먹지 않아도 버리거나 팔수 있지만 남편의 책은 쉽게 못 하겠다. 남편이 대학 시절부터 모아온 만화책이 대부분인데 젊은 시절 그가 없는 돈을 쪼개서 얼마나 정성 들여 모았는지, 구하기 어려운 책을 구입하고서 얼마나 좋아했는지가 떠올라 처분하기 어렵다. 고이 두었다가 아이가 자라서 만화책을 볼 나이가 되면 보여주려 했다. 하지만 이 만화책들을 언제까지 이고 지고 다닐 것인가. 짐이 많아서 내가 가고 싶은 곳에 가지 못한다면 짐을 원망하게 되겠지. 나는 아무도 아무것도 원망하고 싶지 않은데.

책 중에 좋은 것은 친구에게 주고 나머지는 중고서점에 팔고 팔 수 없는 책은 헌책 수거 업체를 불렀다. 빈 책장을 보고 있으니 내 머릿속도 텅텅 빈 거 같아 앞으로 새 이야기를 많이 채울 수 있겠다 싶었다.

어머니와 시어머니는 둘 다 빌라에 사시고 방이 세 개라 짐을 맡아둘 공간이 있다. 시어머니 집에는 남편이 아끼던 토이 로봇들과(이건 못 버림) 남편이 만든 책들, 그림들, 옷가지를 맡기고 나머지는 내 어머니 집에 맡기면 될 거 같다. 하지만 부피가 큰 TV, 김치냉장고, 서랍장은 어떻게 하지? 어머니에게 부탁하면 맡아주실 것 같다. 어머니는 평생 제주도에 한 번도 못 가보셨을 텐데 미안하긴 하지만 할 수 없지. 전화를 걸어 어머니에게 짐을 맡아줄 수 있냐고 묻자 흔쾌히 그러라고 하셨다. 어머니 집에 남는 방이 있어서 다행이고 어머니가 집주인이라 더 다행이다.

어머니가 언젠가 지나가는 말로 "내가 살면서 제일 잘한 일이 그때 집을 산 거야" 하셨다. 제일 잘한 일이 동생과 나를 키운 것이 아니라 집을 산 거라니. 사실 어머니에게 나보다 집 구입이 더 도움이 된 건 맞다. 나는 어머니에게 도움이 되기는커

녕 걱정거리만 안 되어도 다행이다. 동생은 그래도 어머니에게 안마의자도 사드리고 때마다 용돈도 드리고 외식 시켜드리고 어머니 집 강아지 아플 때 병원도 데리고 가니까 동생이 나보 다는 훨씬 낫다. 나도 언젠가 돈을 많이 벌면 효도할 수 있겠지 만 아마도 이번 생에 돈을 많이 벌기는 어려워 보인다.

어머니는 내가 결혼한 2011년에 지하철역 근처의 작은 아파 트를 사셨다. 전세로 이사를 하려고 여러 빌라를 돌아다녔는데 모두 창밖이 막혀서 답답하다고 했고, 마침 친구가 대단지 아파 트에 살고 있어서 같은 단지 아파트를 구입한 것이다. 어머니가 나와 같이 살던 집은 보증금 2500만 원에 월세 25만 원인 방 두 칸짜리 옥탑방 비슷한 곳이었다. 이후 봉제공장에서 미싱사 로 일하면서 성실히 일해 돈을 모아서 집을 샀다. 어머니는 굉 장히 검소하시다. 입은 옷이 어딘가 익숙해서 자세히 보면 내가 고등학생 때 입다가 만 옷이다. 화장품은 로드숍에서 파는 저렴 한 스킨과 크림. 가방은 내가 어머니 생일날 사드린 걸 닳고 닳 을 때까지 들고 다닌다. 미용실도 거의 안 가고 신발은 샌들, 운 동화, 겨울 털 신발 각각 한 켤레씩뿐이다. 구두는 없다. 친구랑 어디 놀러 가는 걸 본 적도 없고 봉제공장에서 회식으로 횟집 이나 중국집에 가는 것이 전부다. 아, 잠깐 친구 따라서 산악회 등산을 몇 번 가긴 하셨다.

내 결혼식 때 어머니 한복을 대여 업체에서 빌려드리기만 하 고 정장은 안 사드렸다. 필요 없다고 하셨다. 결혼식 끝나고 어머니가 식장에서 한복을 평상복으로 갈아입는데 보니까 내가 예전에 입던 체크 셔츠다.

어머니의 취미생활이라면 어딘가에서 얻어오거나 길에서 주워온 화분에 식물을 키우기와 집에서 키우는 강아지 산책과 고양이 쓰다듬기다. 한동안은 어항에 금붕어도 키웠다. 어머니 집은 화분과 강아지, 고양이로 가득하다. 사람보다 식물과 동물을 더 좋아하는 것 같다.

어머니가 처음 산 아파트는 1억7000만 원에 절반은 은행 대출이었는데 지금은 그 돈을 거의 다 갚았다. 중간에 봉제공장 사장의 가족이 살고 있는 빌라 단지로 이사를 했다. 나는 어머니의 검소한 생활 습관을 보고 자랐다. 그만큼 검소하지는 않지만 낭비를 하거나 사치품을 구입하지 않는다. 돈을 쓰는 데 죄책감을 느끼기까지 한다.

제주도로 이사하기 전날 어머니 집에 맡기기로 한 가구와 가전을 이사 업체를 불러 옮겼다. 그러면서 어머니의 거실과 방에 있는 물건들을 다시 둘러봤다. 내가 결혼 전에 방에 갖고 있던 박스와 저렴한 조립식 책장이 아직 있다. 텔레비전 받침대는 낡아서 유리문이 부서졌고 따로 옷장이 없어 행거에 옷을 걸어 커튼으로 가려놓았다. 어머니의 투철한 절약정신이 집 안 곳곳에 보인다. 내 김치냉장고는 어머니 김치냉장고 옆에 두고 서랍장과 텔레비전은 작은방 안에 넣었다. 이사를 마치고 짜장면과 탕수육을 시켰다.

    어머니, 나, 아들, 강아지, 고양이가 짜장면과 탕수육을 가운데 두고 둘러앉았다. 어머니는 젊을 적에 참 예뻤는데. 지금도 예쁘긴 하시지만 너무 지쳐 보인다. 어깨가 많이 굽었다. 언젠가 어머니와 속마음을 이야기할 수 있는 날이 올까. 나는 언제까지 어머니를 어려워하기만 할까. 어릴 적에 나는 어머니가 말 걸어주고 웃어주기를 바랐지만 지금은 반대로 내가 그렇게 해주기를 어머니가 바라실지도 모르겠다.

    내가 어머니에게 제주도로 놀러 오시라고 하니 어머니가 강아지를 쳐다본다.

    "사랑이 때문에 안 돼. 얘는 나 없으면 쉬도 안 하고 밥도 안 먹어. 내가 일요일에 집에 있으면 나를 얼마나 귀찮게 하는지. 아침에 늦잠 좀 자려고 하면 나를 침대 아래에서 이렇게 보고 있다니까. 밖에 나가자고."

    "승우한테 며칠 봐달라고 하면 안 돼요?"

    "안 돼. 꼭 나여야 한대."

    나는 아이를 데리고 짐이 빠져나간 텅 빈 집으로 돌아와 하룻밤을 자고 다음 날 비행기를 탔다.

에필로그

어쩌면 나는 연애를 내 어머니들에게서 배웠는지 모르겠다. 나는 어머니들과 반대로 돌진했다가 그곳이 어머니들과 같은 방향인 것을 깨닫고 뒤돌아 다시 반대로 돌진했다. 나는 연애를 하고 끝내고 다시 연애를 하고 끝낼 수 있었지만, 어머니들은 첫 번째 연애(그걸 연애라고 하기는 어렵지만)로 인생이 송두리째 무너졌다.

나는 불우한 유년 시절을 보냈다고 생각했는데 막상 글로 적고 보니 대체 어떤 부분이 그렇게 힘들었을까, 의문이 든다. 부모가 나를 심하게 때린 것도 아니고 굶긴 것도 아니고 공부를 못하게 한 것도 아니다. 단지 이혼을 했고 친어머니는 연락이 없고 아버지는 백수에 알코올 중독이었던 것뿐이다. 뉴스나 책에 나오는 성폭행, 감금, 구타, 방임을 당한 어린이들에 비하면 이렇게 호들갑 떨며 어린 시절의 괴로움을 글로 적은 것이 겸연쩍다. 내가 고통을 너무 과장했나? 하지만 나는 정말 힘들었는데. 친구가 '정서 학대'라는 단어를 알려줬다. 맞아, 내가 당한 건 정서 학대다. 집에 있으면 긴장하고 불안하고 무서웠으니까.

내 고통에도 이름이 있어서 다행이다. 나는 왜 내가 힘들었다고 말하는 것조차 누군가의 허락을 받으려는 걸까? 얼마큼 아버지가 잘못해야 자식은 아버지를 미워한다고 세상에 떳떳이 말할 수 있는 걸까?

새어머니가 아버지와 이혼하지 않고 그렇게 오래 같이 산 것도 어쩌면 나와 같은 생각에서일지 모르겠다. 남편이 상습적으로 때린 것도 아니고 도박을 한 것도 아니고 바람이 나서 집을 나간 것도 아니니까. 어머니는 아버지의 술주정과 무책임이 이혼 사유가 못 된다고 생각했을 수 있다. 얼마큼 힘들어야 이혼이 가능한 걸까?

백은선의 책 『나는 내가 싫고 좋고 이상하고』에 저자의 이혼 과정이 나온다. 결혼은 서류 하나만 채워서 내면 간단하게 성사되는데 이혼 과정은 너무나 어렵고 복잡하다고 한다. 국가의 정상 가족을 존속시키려는 강력한 의지가 이혼 과정을 힘들게 만들었다고 한다. 새어머니에게는 자신이 책임지기로 약속한 두 아이가 있었으니 이혼을 결심하기도 어렵고 막상 결심하더라도 매일 봉제공장에 출근해야 했던 데다 그 월급으로 가족 모두가 생활했으니 지난한 이혼 과정을 밟을 여유가 없었을 것이다. 새어머니가 조금 더 빨리 이혼했다면 그녀의 인생이 덜 괴로웠을 텐데. 내 인생은 어찌 되었을지 모르겠지만 말이다.

나는 새어머니를 오해하고 있었다. 내가 친자식이 아니라서 미워하는 줄 알았다. 김희경의 책 『이상한 정상가족』에서 아동 학대는 친부모냐 계부모냐가 중요한 것이 아니라 사회적 환경과 더 깊게 연관돼 있다고 한다. 아이 양육에 대한 지식이 없는 사람이 경제적 어려움이나 고립 등으로 스트레스가 가중될 때 아동 학대가 일어날 가능성이 크다고 한다. 새어머니가 나를 무섭고 냉정하게 대한 것은 남편의 학대, 경제적 어려움과 고립 때문이었지 계모여서 그런 것은 아니다.

지난밤 아버지가 꿈에 나왔다. 아버지는 늘 한가지 모습으로 등장한다. 방 안에 앉아 술을 마시고 있다. 나는 놀라고 두려워하다가 이건 꿈이야, 아버지는 돌아가셨어! 자신에게 외치고 꿈에서 깬다. 아버지 꿈을 안 꾼 지 오래되었는데 산문집을 쓰면서 어린 시절 경험을 떠올리느라 아버지까지 딸려온 듯하다. 영안실에 누워 있던 창백한 아버지가 떠오르면 그래, 아버지도 안쓰러운 사람이지, 그런 마음이 드는 걸 막을 수는 없다. 밉고 안쓰러운 사람.

제주도로 이사한 지 8개월이 넘어간다. 이사하고 다음 날 아이와 바다까지 걸어갔다. 가려던 건 아니었는데 걷다가 바다가 보였고 아이에게 물어보니 가고 싶다고 했다. 늦겨울 바닷바람이 무척 거셌다. 머리카락과 옷이 바람에 펄럭였고 서 있으면 몸이 흔들렸다. 바람이 내 몸에 들러 붙어 있는 끈적끈적한 감정들, 걱정, 불안, 슬픔을 날려버렸다. 신기했다. 여전히 생계에 대한 대책이 부족하고 아이가 새 학교에서 적응을 잘할 수 있을지 걱정이었는데, 현실은 그대로인데, 고작 바람이 마음을 바꿀 수 있다니. 이사한 집에 돌아와 널브러져 있는 짐들을 보며 한숨을 쉬긴 했지만, 다음 날도 그다음 날도 바다에 가서 마음을 환기할 수 있었다.

매일 변화하는 자연의 색에 놀란다. 나는 물감을 섞어 색을 만들고 그림 그리는 일을 오래 했다. 자연이 보여주는 색은 절대로 내가 만들 수 없는 색이고 나는 어떤 노력 없이도 커다랗고 변화하는 색들을 마음껏 볼 수 있다. 문을 열고 밖으로 나가기만 하면 된다. 어느 날은 에메랄드 색으로 빛나다가 다음 날엔 짙은 먹색이 되는 바다에 감탄한다. 깊고 푸른 하늘빛에 감탄하고 제각각 자신의 색을 발산하는 들꽃에 감탄하고 매일 자라는 줄무늬 수박에 감탄하고 검게 빛나는 까마귀에 감탄한다. 여름 어느 날에는 아이와 편의점 가는 길에 연두색 야광 빛을 내는 반딧불이를 네 마리나 보았다. 문자 그대로 빛나는 생명체다. 나의 시선은 하루에도 여러 번 외부를 향하는데 어떤 결심에 의해서가 아니라 외부에 아름다운 것이 있기 때문이다. 환경이 이렇게 마음에 영향을 미치는 줄 예전에는 몰랐다. 40년 넘게 서울 변두리 동네와 경기도 아파트촌에 살아서 다른 환경은 상상도 못 했다.

나는 주위 환경을 바꾸겠다는 선택을 했고 그렇게 할 수 있었다. 자연에 대한 감탄은 매일 마음에 스며들었다가 흘러나간다. 이전보다 커다랗고 강해진 마음을 느낀다. 어머니들에게도 젊은 시절 삶을 바꿀 선택지가 여러 가지였다면 좋았을 텐데. 아까운 시간이 너무 많이 흘렀다.

나는 어머니들의 삶을 판단할 수 없다. 어머니들은 자신의 선택이 자신의 행복과는 관련이 없다 해도 그 선택에 최선을 다했다. 두 어머니는 아직까지 일을 하신다. 새어머니는 미싱으로 옷을 만들고, 친어머니는 보험사 관리직이다. 두 분이 내 아버지 때문에 괴로운 시간을 보냈지만, 결국 자신의 선택을 행동으로 옮길 수 있었던 건 자신의 일이 있어서다. 자식도 남편도 아니고 일이 내 어머니들을 지켰다.

글을 쓸 때 매 순간 '이렇게 개인적인 이야기를 글로 써도 되겠어?' 내 안에서 나를 방해하는 소리가 들린다. 망설임이 들 때 록산 게이의 『헝거』, 김영서의 『눈물도 빛을 만나면 반짝인다』, 백은선의 『나는 내가 싫고 좋고 이상하고』, 모드 쥘리앵의 『완벽한 아이』를 생각했다. 고통을 글로 쓴 그녀들이 있어서 나도 용기를 낼 수 있었다. 김희경의 『이상한 정상가족』과 브래디 미카코의 『아이들의 계급투쟁』을 읽고 사회 제도와 관습, 정치가 가족 안의 어린이에게 어떤 영향을 미치는지 알게 되었다. 부모에게만 아이들의 신체적·정서적 안전을 책임지게 하는 것은 위험한 일이다.

어머니들에 대한 이야기를 써보자고 제안해주신 이은혜 편집장님께 감사드린다. 그녀 덕분에 중간에 그만두지 않고 글을 쓸 수 있었다. 어린 시절 나와 늘 함께였던 동생에게 고맙다. 네가 있어서 정말 다행이었어. 매일 나를 웃게 하는 아이에게 고맙다. 아이를 낳고 키우면서 나는 두 어머니를 조금은 이해할 수 있게 되었다. 그리고 나의 두 어머니 고맙습니다. 나는 내가 태어나서 기뻐요. 멀쩡한 어른이 된 것도 기쁘고요. 어머니들도 마음껏 사시길 바랍니다.

세 엄마

초판 인쇄 2021년 11월 5일
초판 발행 2021년 11월 12일

지은이 김미희
펴낸이 강성민
편집장 이은혜
마케팅 정민호 김도윤
홍보 김희숙 함유지 김현지 이소정 이미희 박지원

펴낸곳 ㈜글항아리 | 출판등록 2009년 1월 19일 제406-2009-000002호
주소 10881 경기도 파주시 회동길 210
전자우편 bookpot@hanmail.net
전화번호 031-955-2696(마케팅) 031-955-1936(편집부)
팩스 031-955-2557

ISBN 978-89-6735-969-0 03810

www.geulhangari.com